他们行进的方向只有一个，那就是前进。

——作者题记

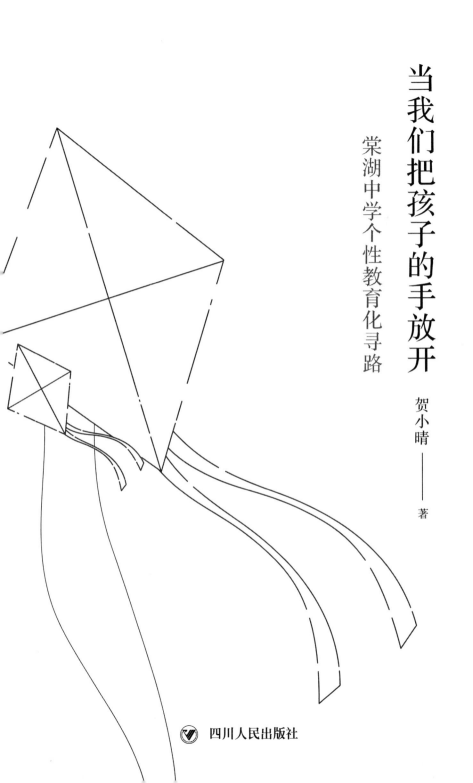

# 当我们把孩子的手放开

棠湖中学个性教育化寻路

贺小晴 ——

著

四川人民出版社

**图书在版编目（CIP）数据**

当我们把孩子的手放开：棠湖中学个性化教育寻路 /
贺小晴著. 一成都：四川人民出版社，2022.2
ISBN 978-7-220-12578-2

Ⅰ.①当… Ⅱ.①贺… Ⅲ.①报告文学—中国—当代
Ⅳ.①I25

中国版本图书馆CIP数据核字（2021）第262891号

DANG WOMEN BA HAIZI DE SHOU FANGKAI

# 当我们把孩子的手放开
## 棠湖中学个性化教育寻路

贺小晴　著

| | |
|---|---|
| 责任编辑 | 王其进 |
| 封面设计 | 成都九天众和 |
| 版式设计 | 云丹文化 |
| 责任印制 | 祝　健 |
| 出版发行 | 四川人民出版社　（成都市槐树街2号） |
| 网　址 | http://www.scpph.com |
| E-mail | scrmcbs@sina.com |
| 新浪微博 | @四川人民出版社 |
| 微信公众号 | 四川人民出版社 |
| 发行部业务电话 | （028）86259624　86259453 |
| 防盗版举报电话 | （028）86259624 |
| 照　排 | 四川最近文化传播有限公司 |
| 印　刷 | 成都国图广告印务有限公司 |
| 成品尺寸 | 145mm×210mm |
| 印　张 | 8.25 |
| 字　数 | 160千 |
| 版　次 | 2022年2月第1版 |
| 印　次 | 2022年2月第1次印刷 |
| 书　号 | ISBN 978-7-220-12578-2 |
| 定　价 | 46.00元 |

# 序

钟秉林

教育是国计，也是民生。在现代国民教育体系中，基础教育是在读学生规模最大、影响面最广、社会关注度最高的教育。办好中国特色、世界水平的高质量基础教育，关系亿万家庭利益、关系国家发展、关系民族复兴，是为实现第二个一百年奋斗目标奠基的宏伟事业。

与发达国家相比，中国的基础教育起步相对较晚，但得益于集中力量办大事的体制机制优势，得益于崇文重教的历史文化传统，得益于改革开放以来经济发展提供的强力支撑，我国基础教育发展迅速，取得了举世瞩目的成就。截至2020年，我国基础教育学校超过23万所，在读学生近2亿，专任教师超过1300万；义务教育巩固率95.2%，高中阶段教育毛入学率91.2%，不仅在普及水平方面总体上进入世界中上水平，同时在学生学业质量方面也位居世界前列。这在多次国际学生能力测试（PISA测试）中已经得以证明。

在肯定成绩的同时，我们必须清醒地认识到，中国的基础教育还存在不少明显短板，还面临一些突出问题，与中央提出的高质量发展要求还有很大差距，还不能很好地支撑和引领经济社会发展。一方面，教育公平仍需进一步保障，主要是优质教育资源供给还不够充分、不够均衡，区域之间、城乡之间、校际之间还有很大差距，随迁子女、留守儿童、残疾孩子等特殊群体的教育处境有待进一步改善；另一方面，教育质量亟待进一步提高，主要是"五育并举"尚待有效落实，办学理念、教师队伍、课程教学、评价方式、学校管理等与学生全面发展的要

1

求还不能很好地适应。近年来，社会广为诟病的"内卷""剧场效应"等问题，在基础教育领域非常突出。为了追求考试分数、追求升学率，学校、家庭、学生等方方面面付出了太多太大的成本，甚至全社会都被"绑架"。这种状况必须改变，深化基础教育改革势在必行！

进入新时代，中国基础教育应当如何变革？这是一个宏大的时代命题，需要党和国家去引领和推动。同时，这也是一个个具体的问题、一篇篇具体的文章，需要每一所学校、每一位校长、每一位老师去思考和作答。党和国家的意志，必须转化为基层的办学实践。基层探索的成功经验，也应当成为公共政策的制度安排。唯有上下结合、形成合力，中国基础教育才能继往开来，走出一条高质量发展的新路。

我十分欣喜地看到，全国为数不少的一线基础教育工作者，本着强烈的使命感和责任感，怀着对教育的满腔热情，立足岗位，大胆探索，守正创新，探索了许多行之有效的做法和经验，取得了值得称赞的成绩。地处四川省成都市双流区的棠湖中学，正是这样一所不甘平庸、不断创新的基层学校；棠湖中学的校长刘凯，正是这样一名有情怀、有眼光、有魄力、有办法、有担当的校长。

在多年的教育实践中，刘凯认识到我国基础教育的一大短板是学生自主发展不够，与此连带的问题是学校培养学生自主学习能力不够、培养和激发学生兴趣不够、对学生职业生涯的指引不够。为了破解上述问题，在深入调研、充分酝酿的基础上，他带领棠湖中学启动了选课走班改革，并以这项改革为切入点，对学校实施了系统改革，涉及课程教学、教师专业发展、教学评价、师生关系、资源配置、内部治理等方方面面。实施这一系列改革，旨在赋予学生学习的选择权和主动权，让学生成为学习的主体，变"被动学习"为"主动学习"，不断激发学生学习的内生动力，让因材施教、个性化学习的理念真正落地，借此带动全校教学质量的提升和育人生态的优化。

实践证明，棠湖中学的选课走班改革是成功的。之所以作出这一评价，基于三个维度。一是从学生维度看，实施这项改革后，学生学习的主动性切实增强，厌学现象大幅减少，越来越多的学生能够享受学习的过程，身体素质、心理素质都有了明显改观。二是从教师的维度看，内生动力被激发出来，精神面貌焕然一新。过去，教师更多是被动接受工作安排。而今可以看到，棠湖中学的老师在旅行途中也在讨论教育改革，在宾馆里也在抽时间备课，时常有教师找校长交流，教师参与学校事务更加积极主动。三是从成绩的维度看，实施选课走班改革，不仅没有影响到考试成绩和升学率，与之相反，近几年棠湖中学的学生考试成绩、升学率均不断提升。尽管这不是唯一的尺度，但充分说明选课走班与考试升学并不冲突。

应当讲，无论作为教育理念还是作为育人实践，选课走班在我国已存在多年。随着新一轮高考综合改革的不断推进，越来越多的学校实施选课走班。2019年，国务院办公厅印发的《关于新时代推进普通高中育人方式改革的指导意见》明确提出"普通高中新课程新教材全面实施，适应学生全面而有个性发展的教育教学改革深入推进，选课走班教学管理机制基本完善"。这也就意味着，选课走班已经得到了国家层面的认可，成了我国普通高中一项重要的教学制度安排。

与任何教育理念、教育制度一样，走班教学要想真正落地，并不是一件简单的事情。近年来，不少地方在推行走班教学时，遇到了不少实际困难。既有思想认识不统一的问题，也有教室等教学资源不足的问题，还有教师队伍不适应、配套改革跟不上的问题。在新的历史条件下，对普通高中而言，走班教学已是大势所趋。让每一所普通高中都能因地因校制宜落实好走班教学，事关每一个学生的发展，事关我国高中教育发展全局。

回顾棠湖中学走班教学走过的路，并非一帆风顺，同样遇到了这样那样的问题。6年多前，国家有关走班教学的政策尚未明朗，走班教学所需的条件棠湖中学并未完全具备，棠湖中学的老师对走班教学十分陌生，学生家长对走班教学也有不少担心。但所有这些困难，都没有让棠湖中学停下探索走班教学的步伐。毋庸置疑，棠湖中学走班教学的改革探索并不轻松，一定是荆棘密布。棠湖中学走班教学改革的意义，正在于立足实际，克服困难，让走班教学落地生根，结出了丰硕果实。这在当下，对全国普通高中实施好走班教学、对四川省正式启动高考综合改革都具有重要的借鉴和示范意义。

作家贺小晴是我们教育界的好朋友，对教育很有情怀，对教育重大现实问题十分关注，创作过不少好作品。此前她撰写的报告文学《天边的学校》，记录了四川省木里藏族自治县一所几近坍塌中学的蜕变和新生，体现了作者强烈的社会责任感和扎实的文学功底，产生了积极的社会影响。《当我们把孩子的手放开》是她创作的又一部报告文学。她用生花妙笔，不仅把棠湖中学开展选课走班的改革写得悬念丛生，引人入胜，还从局外人的角度去审视和总结我们教育改革中的得与失，有许多深入的思考和见地，让我们深切感受到了教育改革的艰难，感受到了一线教育者的担当和情怀，也为我们继续推进教育改革增添了信心。

我对本书的出版表示衷心的祝贺！致敬作者，致敬教育，致敬教育改革！

是为序。

# 目 录

引 子

# 引　子

　　2016年2月26日，棠湖中学新一届高一开始"选课走班"。这是一项具有颠覆性质的教学形态变革，也是一次毫无经验可循的"探险"，棠湖中学由此步入了艰难而曲折的改革征程。

　　有人说，"摸着石头过河"，可棠湖中学连石头也看不见、摸不着。

　　五年过去，棠湖中学蹚出了一条普通高中在常态下坚持个性化教育的发展路径，为西部地区的教育教学变革塑造了一个切实可行的样板。

# 第一章　创新立校

## 周期性较量

每一位经历过棠湖中学首届"选课走班"的老师，都给我讲起过那个溶洞，那次溶洞会议。那是一次决定着棠湖中学改革走向的会议，也是一次著名的"反转"会议。

是的，"反转"，本以为往B处去，最终发现，却到了A处。

那是2016年6月下旬，棠湖中学2015级"选课走班"实施一学期之后，问题不断地涌出。有些解决了，有些几乎无解。是走下去，还是退回来？每个人都在心里反复叩问。

当时正逢暑假。2015级年级副组长奉红接到朋友邀请，请他去位于资中的圣灵山游玩。圣灵山以既深且长的大溶洞著称，溶洞之深，深入地下296米；溶洞之长，贯穿周围19座山峰，可谓山水灵气秀美，溶洞神秘莫测。奉红接受了邀请，只是，他告知朋友，他要带着庞大的"游伴"同游：整个2015级的管理团队及骨干老师，共计12人。

上了中巴，车上座无虚席，却是静如空车。没有人说话。每个人心里都是沉甸甸的。政治备课组长蔡敏是棠湖中学培养的学生，大学毕业后，又千辛万苦回到棠中任教。她是同行者之一。头天晚上，她几乎一夜无眠。其实好长时间以来，她一直睡不好觉，即使睡着了，又无端地惊醒。尽管孩子还小，但她知道她的失眠，主要是因为工作，而不是因为家务拖累。白天黑夜地在学校忙，回到家，已经精疲力竭。孩子的事她已经很少管。让她焦虑的不是因为辛苦，而是一种深深的无力感。

劳而无功。她找准了这个词来表述自己的焦虑。

罗晗是2015年从华东师大刚毕业应聘而来的新教师。她的焦虑根源相同，侧重点却不同。她苦恼的是刚来棠中时，她还可以经常去听她的师父，听别的老师上课，现在根本没时间。每天都忙到大半夜才回家，回去了，还是迷茫。这走了一学期的选课走班，往下，还能不能走下去？

蔡敏心里明白：从内心来讲，我们每一个人，都想退回来。

到达圣灵山后，住下来。游玩还是要去的。跋山涉水。沿途都是景观，迎宾塔林、贵妃池、山路十八弯、圣灵火炬、会唱歌的石头……可他们无意在任何一处停留。到达位于半山腰的溶洞后，凉浸浸清透透的空气让众人停留下来。溶洞里确实凉快，外面三十多摄氏度，溶洞里只有十几摄氏度。大家不想再走了。

可溶洞里光线昏暗。光从头顶、从岩缝、从每一只角落射出来，仿佛不是为了照明，仅仅是为了制造一种暗黑的效果。罗晗心情沉郁，在溶洞里，竟有种伸手不见五指的感觉。

只看见每个人的白眼珠子，一闪一闪的，很亮。隔着五年的时光，说起当时的情景，罗晗仍有一丝惊诧。

然而，大家竟围着一张石桌子，坐了下来。

会议瞬间就开始了。

那阵子，这一拨人，时常地聚在一起。在一起了，又时常只有两种表现：要么沉默，要么没完没了地讨论。两者之间，从来不需要过渡。往往是一种状态，直接切换到另一种状态。

此时便是热烈讨论的状态。

问题被抛了出来。那个永远的，萦绕在每一位教师心头的问题，那桩挥之不去的心事：接下来，应该怎么办？原有的行政班，是撤，还是不撤？

或者另一个问题更直接，选课走班，是退回来，还是继续往前走？

石桌子为长条状。学导处主任朱元根，坐在石桌子的上端。他那个地方最靠里，光线最暗。人们看不清他的表情。但说话的人，每吐出一个字，都要往他坐的那个方位看一眼。谁都知道，作为学导处主任，他是"选课走班"的设计师，"操盘手"。凭着他的威望与能力，没有人能不在意他的态度。

某种程度说，今天的讨论，就是说给他听的，最终，要他来拍板。

而他，所有人都知道，是出了名的"一根筋""认死理"，在教学改革的问题上，他向来都是单行道：往前走，绝不可以往后退。

在座的人还记得，半年多前，"选课走班"之前，那场持久的有关进退的大较量。

那是2015年10月，新一届高一年级第一学期刚过去一半，一个老生常谈的问题再度冒出来：什么时候分文理科班？是第一学期结束，还是从高二开始？

在朱元根那里，答案是现成的。

棠湖中学从2010年起，一直恪守着从高二开始分文理科的原则。原则定下了，也坚持执行，可反对的声音从未间断。且反对的理由非常充分，竟形成了一种周期性的反对声浪。

地理教师、现任学导处副主任杨海波说到当时的情形。

在2015年之前，棠湖中学都是在高一整个学年结束以后才进行文理分科。这样与其他学校相比就有差异，其他学校基本都是高一上学期结束就进行文理分科。这种差异导致棠湖中学的学生在高一下学期需要学9门学科，而其他学校的学生只需要学6门学科，从课时安排和学生精力上来说，棠湖中学的学生就要少一些。

学生多学科目，课时就被分解。到高一结束考试时，将棠湖中学老师的教学成绩与其他学校进行对比考评，某些科目明显处于劣势。

因此，棠湖中学的老师们对提前分文理科的要求非常强烈。在学校管理层内部，也存在一些分歧，有的认为应该早一点儿分科，跟其他学校拥有一样的课时，以便进行公平的对比。

而朱元根是坚持高一结束再分文理科的主要代表。他给出的理由是：课程是学生未来的知识结构和素养体系，学校要对课程的设置心怀敬畏。从对学生的长远发展考虑，更需要文理科综合的学习。

对此朱元根说：高一上学期结束就进行分科的话，学生对高中的学习还不够深入。等到学生真正完全进入高中学习生活之后，对自己的学习能力、未来学校的选择和职业理想有了比较清晰的认知之后，也就是高一下学期结束之后进行文理分科，这样肯定对学生好。开足开齐国家课程，哪怕是不考的课程，可能对学生更重要。因此，高一必须学完全部的规定学科。不仅是为了高考，更是为学生一生的发展做准备。

如果不学完应有的课程，提前分文理科，对文科学生来说，也许未来最需要的恰恰是科学思维；对理科学生来说，也许未来最需要的恰恰是人文精神。说到这点，朱元根的语气里至今带着伤感。

在朱元根近乎顽固的坚持之下，棠湖中学始终坚持着高一结束以后分科的原则：高一课程，不分文理科，9个学科，按国家要求的标准课时，统一考核，统一评价——让每一个学科认认真真按高标准教学。

但矛盾始终存在，两种观点的碰撞从没有停止过。每年一到这个周期，相同的矛盾再度出现。

杨海波作为地理老师，从自己的教学角度考虑问题，他也是站在早分文理科的那一拨人里。

资深政治教师、政治教研组长张雪梅，更是坚定地要求早分文理科：教师们既深明大义，又难以接受不公平的现实。张雪梅这样表述自己的心情。

老师们心里委屈，又没有别的办法，只能来找朱元根。

同时，棠湖中学的老师，一旦有到兄弟学校去的机会，就把课表拍回来，发给朱元根：你看，人家是几节课，我们才几节课？

但朱元根不改。

我不改，我认死理。朱元根说。

因为"认死理"，棠湖中学分文理科的时间一届一届坚持了下来。

然而每坚持一届，都是一场较量。

又到了2015年秋天，又到了高一年级上学期，旧的矛盾再度上演，较量重新开始。朱元根深感难以招架。守不住了，实在是守不住了。朱元根说。

而另一方面，有一种响亮的脚步声正在逼近，那是新课改、新高考的脚步声。根据教育部的安排布置，新的高考政策已在上海、江浙一带试点，四川省也将在2018年实施。朱元根灵光一闪：妥协并不一定意味着往后退，也可以趁此机会往前走。

心里有数了，嘴上依然是不饶人：

新高考马上就要来了，不分文理科了，你们还在跟我说分文理科，你说你们有没有道理？

要分的话，我同意，但要分的话，我们必须往前走，而不能往后退。

要分的话，我们只能在"选课走班"中分文理科。

## 改革基因

朱元根是2002年从仁寿的一所中学，以公开招聘的方式来到棠湖中学的。为了从家乡仁寿走出去，他做了充分的准备，除了阅读了大量的教育理论书籍之外，还把所有能找到的有关教育的方针政策，认真地进行了研读。

那正是中国教育"新课改"酝酿和启动前夕。那时候的高中课程标准还没有出台，还使用原有的"教学大纲"。但朱元根从"教学大纲"里，把课程标准找了出来，作为自己教学的标准。

从一开始，他就希望用一种科学的、规范的、能代表教育本质的东西来指引自己。他在寻找方向。

他说自己很幸运。从一开始，他接受的就是新观念、新理论。

1999年，中共中央、国务院出台《关于深化教育改革，全面推进素质教育的决定》。两个最高级别的机构，共同发文，他认为，这是"新课改"的发端。随后，一系列的文件相继出台。研读中，他预感到，一场打破应试教育的藩篱，还教育于本质的改革就要来临。

那时候，他还是一名普通教师。但他对教育的本质和意义已有了清醒的认识，并由此形成了他牢固而坚定的教育信念，那就是：以学生为本，为学生的个性化发展及终生成长服务。

这样的朱元根，来到棠湖中学，注定会脱颖而出。

棠湖中学是一所怎样的学校呢？用校长刘凯的话说，棠湖中学是一所有着改革基因的学校。棠湖中学的"改革基因"深入骨髓，对新生事物始终保持着高度敏感。

这所始建于1991年的年轻学校，位于成都市双流区棠湖公园旁，学校因此而得名。棠湖公园是双流区的地标。从建校伊始，棠中人就立志要办成一所全国知名的学校。由此确定了"敢为人先，创新立校"的办学理念。

要在名校林立的成都市脱颖而出，必须具有超常规的胆略与举措。棠湖中学的重大举措之一，就是在全省乃至全国范围内公开招聘教师。招聘制采取一年一聘，不合格解聘。同时实行结构工资制，将多劳多得、奖勤罚懒的竞争机制引入学校，由此建构了一支优质而高效的教师团队。这在当时的四川，是首开先河的改革之举。此后数年间，被四川的其他学校纷纷效仿。其中，四川绵阳的一些中学，更是将棠湖中学的改革经验用到了极致，从而成就了绵阳成为四川教育大市的名气。

朱元根就是在这样的背景之下成长起来的教师代表。

1991年10月，新创建的棠湖中学在著名的古镇黄龙溪举行了一次特殊会议，首任校长黄光成在会上响亮提出，三年成为合格高中，六年成为省级示范学校，九年成为全国名校——这是借用了"遵义会议"的三三制原则。用意可想而知：此次会议就是棠湖中学的"遵义会议"。目标既出，引起轩然大波。有人当场就表示，这绝不可能。办学有一个周期性，需要慢慢积累。有领导听说之后，竟开起了玩笑：你们要是达到了目标，我手板上给你们煎鱼。

手板上煎鱼的承诺未能兑现，但棠湖中学的目标确实达成了。"五年建省重，十年建国重"，成为棠湖中学的代名词，被《光明日报》和四川省教育厅誉为"超常规、跨越式发展的典范"，并由此产生了蜚声全国的"棠中效益"。

2004年，棠湖中学荣获全国五一劳动奖章，首任校长黄光成获全国劳模称号。

荣誉之下，改革的脚步并没有停止。紧接着，另一个重大的举措开始启动。

其时，国家出台新政，发展民办教育，鼓励多渠道办学。公办民助也好，民办公助也罢，齐上阵。在黄校长看来，这是难得的上规模、求发展的机遇。棠湖中学外国语学校的蓝图被描绘出来。资金何来？全体棠中的老师集资筹办。棠湖中学外国语学校如期建成，成为四川民办学校第一方阵中的耀眼的成员。

2008年，棠湖中学面临巨大变故。因为政策，棠湖中学须与棠中外国语学校彻底剥离。首任校长黄光成退休，到棠湖中学外国语学校担任董事长兼校长，棠湖中学外国语学校改名为"棠湖外国语实验学校"。剥离之后的棠湖中学，资源分流，资金紧缺，师资力量被严重稀释。雪上加霜的是，国家出台新政策，国家级重点高中不允许办初中，棠湖中学原有的初中部被整体划拨给了外国语学校——这对于高中的生源入口可谓致命打击，棠湖中学因此陷入低谷，几近"休克"。

也是在这一年，刘凯调来棠湖中学，担任副校长。

第二任校长熊伟即是棠中创办时，以公招的方式来到棠中的优秀教师，也是坚定的改革者。在他的带领之下，棠中决定调整办学策略，从内涵出发，走提高教学品质之路。棠湖中学著名的"三段式教学模式"由此诞生。

三段式教学，理论上说，从学生发展的不同阶段出发，以"问题"为主线，以培养能力为核心，同时定出规程，按流程教学。

具体说来，就是以"问题"为中心，把课堂教学分成三个时段：课前"学生自主学习发现问题"，课中"师生互动解决问题"，课后"反思升华拓展问题"，强调自主学习，重视合作探讨。让学生学会学习，学会合作，学会探讨。

三段式教学模式建构之后，棠湖中学的教学质量在触底后逐渐回升，稳住了阵脚，也稳住了名声。

2010年10月18日，中央教科院、《中国教育报》在棠湖中学举行课堂教学改革现场会，1000多位来自全国各地的教育工作者参加了会议，三段式教学模式在全国范围内形成巨大影响。

2012年，熊伟调至双流中学任校长，刘凯接任成为棠湖中学建校以来的第三任校长。

## 第三任校长

刘凯接任校长，别无选择，只能继续改革。可是，前两任校长，一位从外部出发，布好了格局，创下了品牌；一位从内部着力，创新了三段式教学模式，新上任的校长刘凯，该从何处下手？

采访中，年轻的语文教师任飞扬说到当时的情景。

2012年5月，刘凯校长刚上任时，在大会上说了三点：第一，要修一所新学校，五年之内搬到新校区；第二，要恢复初中，重新把初中办起来；第三，要为那些没有编制的优秀老师解决编制。

当时我们听了，没有人相信。大家都不相信。怎么可能？这三点，每一点都难度极大。

任飞扬说到他自己，他和地理教师杨海波都是2007年大学毕业被棠湖中学选拔来的。来的时候说有编制，可是来了好几年了，编制问题一直没有解决。

结果，刘凯上任的第二年，2013年，棠湖中学初中部办起来了。2014年，新校区开始建设，2016年2月正式搬迁。至于编制，任飞扬说，2013年，他和杨海波等一批年轻教师的编制全部得到了解决。

所有的承诺，五年之内全部兑现。

2015级年级组长夏迎春是一名优秀的数学教师，棠湖中学建校初期他就来了，那时候他刚满28岁。夏迎春来的时候，棠湖中学只有一栋教学楼和一栋教室宿舍。据夏迎春说，当时的学校，多是城区的走读生，极少数住校生，没有学生宿舍，就把办公室改成学生的临时宿舍。围墙也没有，厕所也没有，食堂也没有……如今三十年过去，夏迎春已临近退休。他担任年级组长的2015级是首次"选课走班"的第一届，他则成为"选课走班"改革的中坚力量。

夏迎春称刘凯为"凯校"——在棠中，许多老师都这样称呼刘凯，叫出了认同，也叫出了内心深处的一份柔软。夏迎春说，"选课走班"后，我们这个年级是第一届，凯校常常到办公室与老师们交流，走进教室观摩课堂，陪我们深夜查访寝室。许多时候，一天就要见到他三次面，早、中、晚，都来找我，问我们团队的情况、走班的进展……我的作息时间就是凯校的作息时间。

学校办公室宣传干事刘团章，曾经是一名语文老师，因故从一线退下来，在办公室负责杂务。他以局外人的眼光看学校，许多的地方颇有保留，但说到刘凯时，也换了态度。

采访期间，刘团章负责接送我。有一次，采访结束，我们在外面吃饭。等菜上桌的间隙，他语出惊人：好像没有什么特别的爱好，整天忙工作，我们都不晓得他想干啥。他在说刘凯。

我问他，此话何解？

他道，凯校在大会上表过态，高三的作息时间，就是他的作息时间。

又道，人家高三的老师，三年才轮到一回，他是年年如此，天天如此。

我追问道：他真能做到？

真做到了。

后来又聊起别的事。他说，刘凯的老母亲去世那回，有好多的老师想去悼念，表达下心意。可是凯校不让，任何人不准去。但老师家里的红白喜事，他都要亲自到场。

亲自？

对，亲自。偶尔有重要的事，去不了，他都要委派副校长或者学校别的领导代表他去。我们学校的老师，都是公招来的，大多都不是本地人，有的还相当远，凯校自己开车，有时候要开好几个小时。

语文教师贺晓珍用自己的经历验证了刘团章的话。

2014年底，贺晓珍父亲去世，凯校不知怎么听说了，驾了5个多小时的车，行程两百多公里，赶到贺晓珍位于广安县华蓥镇的老家。当时正好是冬天，高速路上雾大，很危险。贺晓珍根本不晓得刘凯要来，见到他时，吃惊不已。凯校说，那天正好学校有领导来检查工作，他是忙完了接待再赶来的，所以到晚了。可是，悼念之后，他又马上要走，说要赶去资阳开会。

又是几个小时的车程，赶到那边，肯定要晚上12点多了。贺晓珍说。

刘凯的品格和作风有口皆碑。但作为校长，仅有这些是不够的。刘凯自己也深有同感。他说，一个校长，在任职期间，如果没有找到一条适合自身发展的路，就是不称职。

那么，在这样一所有着"改革基因"的学校，在前两任校长已有的光环之下，刘凯又将如何寻找新的突破点，再度出发？

## 再次出发

刘凯嘴里，"改革"一词出现的频率极高。表面看去，他是十分温和的一个人，因此，"改革"一词从他的嘴里说出来，少了生硬与尖锐，多了韧性与厚度。在刘凯看来，改革是常态，是立校之本，是每天都必须思考和行动的事。

改革是学校的基因，也是他的性格。

本质上讲，棠湖中学就是一所县级高中。之前的所有改革，究其根源，都是基于一种强烈的危机意识。这种危机意识倒逼回来，又形成一种强动力。在夹缝中求生存，求发展，改革是唯一的出路。

刘凯这样总结他所执掌的这所学校：棠湖中学以"改革立校"，前两任校长，一个从外部改革，把品牌建立起来，把规模搞上去了；另一个从内涵出发，把三段式教学模式构建起来了。而教学改革，分课堂与课程，三段式教学属于课堂改革——话到这里，我们可以看出，刘凯已经找准了他作为第三任校长再度改革的出发点，他要进行课程改革。

课堂是载体。像棠湖中学这类学校，必须进行课堂改革。

在刘凯看来，很多学校，特别是那种顶级学校，他们不用做课堂改革，直接做课程，甚至从课程到课堂。为啥？他们的生源很好，课堂改革没有好大必要。因为他们的学生个个都很优秀，老师咋个讲都问题不大。所以，他们对课堂是不注意的，他们比较注重课程建设，拓展学生的能力。

但我们不改课堂不行，我们的生源太差了。不去做课堂，怎么把教学质量提起来，把国家要求的那些东西教好，再给学生更多的东西？

而课程，就是内容，就是你要教给学生的那些东西。

课堂设计合理了，科学了，课程则是在课堂上实现。因此，课堂是怎么学，课程则是学什么。

学什么呢？

"新课改"明确指出，要有国家课程、地方课程、校本课程。

朱元根是棠湖中学课程改革的设计者、执行者。他有一句耐人寻味的话：课程是学生未来的知识结构和素养体系，我们要对课程的开设心怀敬畏。真正优秀的学校，提供的课程，一定是多元化的、丰富多彩的。对此，朱元根坦承，在高考的强压力下，我们做得不好，不如人意，但我们一直在努力，在坚持。比如说，通用技术、信息技术、综合实践、研究性学习……高考不考，但育人重要。

在这样的背景之下，棠湖中学的课程改革方向明确，目标清晰：要使课程系统化、多元化，满足学生的各种需求。

而棠湖中学要进行课程改革，已经具备了两个前提：一是棠湖中学的课堂改革已经进行到一定程度，课程改革的时机已经成熟。二是国家层面已经提出，要求国家课程校本化、班本化、生本化……生本化就是要针对每一个学生，以学生为本。自2011年起，棠湖中学就已经开始在课程方面进行局部改革，比如说，做模块课程纲要，开发校本化的教辅材料、学习工具等。不同的班级，所用教材各不相同；不同的层次，学习的内容也不一样。

我们把它印成书，做成模块，老师在教学的过程中，肯定有删减有增补，还有逻辑顺序的调整，因材施教嘛，这样的教学，效果才有保证。另一方面，我们认为在教学质量提高的时候，还必须考虑为学生的终身发展服务，不仅是会考试，还要拓展他的视野，培养他必备的知识和能力。针对他们的兴趣爱好，就必须开发很多的校本课程。这就提炼成了我们学校的办学理念，"尊重差异，因材施教"。我们的学生是千差万别的，不像那些顶级的学校，他们的学生入学成绩优秀。其实，他们的学生也是千差万别的，考试成绩差不多，但是各有各的特长和兴趣爱好。所以，我们提出尊重差异，差异不是缺陷，而是一种资源。尊重差异，挖掘资源，扬学生所长，就是个性化教育，也是国家现在强力推进的新课改、新高考的精神所在。

刘凯感慨，我们国家现在的教育，有一个最大的弊端：避短的教育，即要把学生的短处提高到一个水平。而刘凯以为，真正好的教育，尊重教育规律的教育，应该是扬长教育。避短教育，你再怎么使劲，最多能把学生的水平提高到一个中等水平，达不到很高的水平。而把教育建立在发扬长处上，他就会走得很高，也才会拥有创新的能力。

纵观整个世界的教育，好的先进国家的教育，都是扬长教育，重视个性发展，没有个性发展就没有创新。而创新能力，才是一个国家竞争力的根本所在。

有关这一点，朱元根从微观的角度也有很好的表述。一个成功的人，一定是天赋与特长契合的人。每一个创造性的人才都是有个性有天赋的，都是天赋与个性的结合。而一个失败的人，一定是对自己的天赋不了解，做了自己不喜欢不应该做的事。

从这样的理念出发，棠湖中学将国家课程校本化和培养学生兴趣特长的校本课程结合起来，形成了自己独特的课程体系——4.0T课程体系，即特定课程、特惠课程、特长课程、特创课程。

特定课程就是把国家课程校本化，特惠、特长、特创，着力点都在于培养学生的个性。

全面发展与个性培养相结合，是国家层面"新课改"与"新高考"的基本精神，也是4.0T课程体系的核心。为此，棠湖中学将每一个学生都应该具备的素质和关键能力，总结为"六会一长"培养目标：会做人、会求知、会生活、会健体、会审美、会创造、有特长。

课程开发到这种程度，怎么落地？学生不可能每门课都学，必须有所选择。选课既是课程改革的自然结果，也是学生学习和成长的必然需求。而课程如何选？走班教学水到渠成。棠湖中学的"选课走班"，是建立在课程建设基础之上，是教学改革逻辑链条上的必然结果。

而发端于1999年，至今已经二十余年的"新课改"，一轮一轮改下来，到了今天，已经是第九轮课改。这一轮课改，用一个关键词加以概括，即为"选择"。"新课改"为了引导学校把选择权交给学生，创造适合学生的教育，新的考试招生制度出台。这即是人们常说的"新课改"与"新高考"。

换句话说，"新高考"是为了倒逼"新课改"而出台的政策。

可见中国教育改革之路何其艰难。也可见国家层面推动教育改革的决心何其坚决。

刘凯对此有着清醒的判断。以前的那些基础改革，效果都不明显，高考是指挥棒。高考没改，基本上又回到了原点。现在把高考科目都改了，国家强力推进，所有的方针政策都在强调"选课走班"，语、数、外，是必须学的学科，其他6科都拿给大家选。高考科目都要选，校本选修这些东西更要选。虽然全国现在做起来的不多，但这个是必然，涓涓细流一定会成为大江大河。

多种因素汇在一起，棠湖中学实施选课走班已成必然。因此，自2014年下半年起，刘凯的嘴里除了"改革"之外，又多了一句口头禅，走起来走起来……语文教师任飞扬笑道，大会小会上，凯校最爱说的一句话，走起来，走起来……我们都晓得他在说啥。但真要走起来……何时走？怎么走？信心有吗？思路何在？

# 第二章　艰难抉择

## 三幅画面

学导处主任朱元根是棠湖中学教研团队的核心人物。换句话说，选课走班要进入实施层面，思路如何确定，方案如何落实，都得由他做"顶层设计"。

朱元根倒也无所畏惧。他来到棠湖中学近二十年，或参与或牵头，做过不少创新和富有挑战性的工作。刚来时，他就负责过一段"研究性学习"课程，参加过全省乃至全国的一些研究性学习与培训、课题成果展览等，深受触动。他说这段经历让他对教育的理解和认知发生了根本性的改变。

高中阶段，正是从青少年到成年的过渡阶段，怎么把今天的学习与明天的职业打通，教育的价值和意义，究竟该怎么去发现，去拓展？

善于思而勇于行，是朱元根的性格特质。早在2008年，他担任语文备课组长时，高一、高二都在纷纷订购教辅材料，他负责的语文学科却没有订，他自己动手，设计校本教辅"学与导"。这是国家课程校本化的最初实践，曾受到著名教育学家韩立福的高度评价。最终，由语文科辐射至全部学科，"学与导"校本教辅沿用至今。

三段式课堂教学改革，他是参与者；4.0T课程体系改革，他是牵头人。然而，选课走班是一场非同寻常的大变革，风险性明显更大，这从两个方面可以看出来：第一，现有的班级授课制教学是工业时代的产物，是由17世纪捷克教育家夸美纽斯在总结和改进前人教学实验的基础上，完善和确立起来的现代学校教学体制。19世纪中叶起，被西方各国普遍采用。我国则是从清朝末年引进并沿用至今。一个多世纪过去，可谓历史悠久，根深蒂固。第二，班级授课制与传统高考体制长时间配套运行，已形成固有的教学模式与评价体系，惯性力量异常强大。

选课走班，要将传统的"行政班"制度推倒，管理的难度增加，师资的要求提高，学生的自律性要求增大……一句话，原有的教学秩序要打乱，原有的管理体系要重建，成败难以预料。

正因为此，"新课改"推行以来，二十余年过去，收效甚微，与"新课改""新高考"配套的走班制教学，被整个教育界视为畏途，至今举步维艰。

在国内，完全实施选课走班的学校仅有北京十一学校等极少数学校。上海、江苏、浙江的部分学校，则采用套餐制或实施删减版选课走班，行政班教学制痕迹依旧残存。

　　然而在国外，一些科学与经济发达、教育体系相对完善的国家，选课走班制教学已实施良久并成为常态。

　　选课走班制开始于20世纪60年代。由美国道尔顿学校最早践行。道尔顿学校校长海伦·帕克赫斯特，在认真反思传统教育的基础上，提出了适合学生多元选择、自主发展和激发学生潜力、培养学生创造力的现代教育计划——道尔顿教育计划。以"自由+自主+合作"为教学理念，打破传统的班级授课制，构建了以"自主学习、合作共处"为特点的学分制教学流程，实现了"重视培养学生的创造能力、发掘学生的潜能，培养学生的自信，使其成为一个独特的、无可替代的、充满创造活力的人"的教育目标。道尔顿教育计划因为成功地培养了一大批个性鲜明、创新品质突出的优秀高中毕业生，受到哈佛大学等世界一流大学欢迎而闻名于世。

　　20世纪六七十年代，德、澳、英、法、日、韩等国纷纷加入选课走班制阵营。

　　在朱元根看来，美国的基础教育不如中国，但美国的选课走班制度已经实施了半个多世纪。在美国，国家层面的规定课程基本没有，地方各州的规定课程也不多，仅有两三门，绝大部分是选修课。因此，在美国的教育制度之下，学生的创新能力明显强于大多数国家。从教育理论的溯源看，我国现阶段强力推进的"新课改"及与之相配套的走班制教学，是借鉴国外的成功经验，是向教育体系先进的国家靠扰，是遵循教育本质的必然选择。

而在朱元根的脑子里，还有一个清晰的、由国家层面出台的"新课改""新高考"的节奏。

1999年，中共中央国务院出台《关于深化教育改革全面推进素质教育的决定》。2001年，《基础课程改革纲要》出台。2003年，《普通高中课程方案》出台。2004年，在部分省市启动"新课改"试点。2010年，四川进入新课程改革，要求开设选修课、校本课，实行学分制。2014年，高考改革的时间表出台。2018年，四川开始实施新的招生考试办法，6选3或者7选3……

但是，顶层设计好，基层落实却停滞不前。抓高考抓高考……在高考的指挥棒下，学校腾不出手来抓课改，也不敢冒任何风险，因此才有了那么多的名优学校望而却步，将此视为畏途。对此，朱元根深感忧虑与无奈。

在棠湖中学的"选课走班"搞不搞、怎么搞的问题上，朱元根也经历了一个艰难而复杂的思考过程。

我的脑子里出现了三幅画面。朱元根说。

第一个画面，是哥伦布环球航行时的图景。

买一张船票，登上哥伦布的航船。哪里是岸，不知道，脑子里只有一个朦胧的关于远方的憧憬。任何对于精神世界的探索都带有不确定性。

第二个画面，洪水滔天，一个人在洪水里挣扎。是顺势而行，还是逆流而上？其实人在洪流之中，最好的选择是顺势而为。如果逆流而行，体力很快就会耗尽。顺势而为就是借力，不要去做无谓的抗拒和抵触。

第三个画面，悬崖边，浓雾弥漫，下面看不见底。如果我问大家，敢不敢跳？肯定大多数人都不敢。你敢跳，就是勇气。结果，你跳下去，下面就是一块平地，地上还铺满了鲜花。对新事物的态度，就是跳那一下的勇气。跳下去再回头看，小菜一碟。而勇气和决心，不是人人都有。

这三幅画面出现之后，朱元根觉得，选课走班的事该做了。尽管有不确定的远方，但它是顺势而为，而且这种尝试的勇气和决心，应该有。

接下来的一个问题，选课走班，打乱了原有的教学秩序，会不会导致混乱？这是所有人担心的问题，也是选课走班被视为畏途的关键所在。

但朱元根一番思索过后，也想清楚了，不会乱。

他以改革开放前后的变化作为类比。

改革开放之前，人的行动受到各种约束，人去到哪里都要证明，要介绍信，没有证明和介绍信寸步难行。可是改革开放之后，废除了这些繁复的手续，人们可以自由流动了，想去哪儿去哪儿，想在哪里住下来就住下来，也没有乱，正常的社会秩序也没有坍塌。

由此他得出推论，行政班制度下的教学组织形式有利于管束，但选课走班教学组织形式也乱不了。

行政班是基于控制和束缚，寻找管理措施和策略，而选课走班是基于开放和自主寻找管理的措施和策略，两者相比，选课走班是进步的标志，是文明程度更高的标志。

朱元根的眼前豁然开朗。他意识到，多年来的坚守，实际是一种等待。在坚守中，对下一轮改革，是一种蓄势。而此时此刻，天时地利人和，齐了。

## 抢占第一

此时所谓的天时、地利、人和，天时，即国家层面的大政方针和推进意愿；人和，棠中人对于新事物的敏感和对于改革的执着。这期间还有一个客观事件，则可理解为"地利"。棠湖中学的老校区在棠湖公园旁边，包括教师宿舍在内的占地面积仅70余亩，实际教学面积仅有50亩。而"选课走班"开设的课程多，对硬件有了更高的要求。2014年，棠湖中学开始修建新校区，占地面积240亩。2016年初，新校区建成，新学期开学即可搬迁。而搬迁新校区，从硬件上为"选课走班"提供了保证，也为棠湖中学的决策者们增添了底气。

2015年冬天的一个下午，在与老师们讨论了文理分科的问题之后，朱元根推开了刘凯办公室的门。

走了，走了，必须走了。朱元根进门就说。

"走"字在棠湖中学，好长时间以来，已成为一个专用名词。刘凯不用问，也知道他在说啥。

这一回，不走也不行了。朱元根又道。

接着朱元根道出了原委。

刘凯道，老师们怎么说？

他们有啥说的，只要能分文理科，他才不管你走不走班呢，肯定愿意。朱元根的语气里还带着怨气。

接下来，刘凯和朱元根都沉默了。

从性格上说，刘凯与朱元根属于同一类人，言语不多，从来不拒绝沉默。很多的时候，沉默倒是他们最亲密的陪伴，是倾听是思考也是表达态度的一种方式。但那天的沉默来得突然，又因为是同时，沉默就显得尤其凝重。

沉默里包裹的思绪，滚雷一般，在蓄势，在聚集，发出沉闷的隆隆声。

是朱元根首先打破了沉默。

那现在……就走啰？

他在等着刘凯发话。他几乎可以听见刘凯的胸中，那个号令般的句子：走起来走起来……如惊涛拍岸，又如黑夜里的闪电。在刘凯那瘦削高挑的身躯里，从来不缺乏气势和胆略。

他等待着，能听见自己的心跳。

刘凯的声音却很平静：搬到新校区，也有这个条件了。

朱元根不接刘凯的话茬，跳去了另一条思路。

以前高考不改，选课走班很难推，现在高考就要改了，时间表都出来了，最多两年，新高考政策就要在四川落地。

这下子，不管你愿不愿意，大家肯定都要动起来。

是啊，我们得抓紧，走起来。刘凯道。

接着刘凯换了一种全然不同的、昂扬的语气：新高考不仅会改变现在的这种育人模式，还可能改变整个高中的办学格局。对于棠中来说，这是一次机会，抓住了，就可能赢得再一次的发展。

对，那我们要抢先机，必须抢占四川的制高点，抢占第一的位置。只做第一，不做第二。

刘凯看一眼他，又移开目光，看着前方一个不确定的地方。两人再度陷入了沉默。这一次的沉默，跟前次不同。这一次，两人都有些惊讶。惊人的默契。在工作上，在对教育的理念和判断上，两人都明白，彼此之间是一致的，契合的。都是干事业的人，都想办真正的教育，办回归教育本质的教育，都是把创新和改革看作事业标杆的人……可是，这一次，当两人面对面，再度意识到彼此的默契和相似时，就像新发现对方一样，禁不住有些意外。

半晌，刘凯道：这是一次颠覆性的改革，实际也就是重新洗牌的机会，像我们这种学校，要在夹缝中求生存求发展，确实需要在重新洗牌中赢得机会。

随后他们又讨论了一些具体实施的时间节点等问题。2018年，四川就要全面实施新高考制度。此时已是2015年10月。那么，最晚在明年，一定会有学校启动试点。领先的机遇已经不多了，也许仅有一学期时间，而抢占第一赢得的资源，是第二不可能比的，我们必须马上行动起来，一刻也不能拖延。

事后朱元根感慨，事实证明，我们还是高估了改革的勇气。结果到现在——2021年5月，动起来的学校仍然很少，而四川的高考新政也没有实施，按后来调整后的时间表，四川要等到2022年，才开始实施高考新政。

## 要做就做高端

决心下定，接下来的问题是，怎么改，怎么走？选择什么模式？

从国内可供参考的案例看，主要有北京十一学校和上海、江浙一带两种类型。

北京十一学校是以"学科教室"为特点的全走班制教学，彻底改变了教室的形态，丰富了教室的功能，把每一个教室布置成学科实验室、图书馆、博览室……教师既在教室办公也在里面教学，学生进入教室，就进入了不同学科的实验现场。

北京十一学校的走班模式好是好，但门槛太高：第一，生源好，规模小，全年级仅有300余人；第二，教室数量充足；第三，资金雄厚，投入巨大；第四，身处北京，资源丰富。硬件和软件都不是棠湖中学这样的普通中学可以想象的。棠湖中学不可能复制他们。

　　四川省教育科学院院长、教育家刘涛，是棠湖中学改革坚定的支持者，在棠湖中学后来的"选课走班"中，从资源和专业的角度，给予了棠湖中学切实的支撑。事后他谈到，为什么会调动省教科院的所有资源和专业力量，支持棠湖中学的改革时，也表达了同样观点：

　　像北京十一学校这种走班，它的生源，它一个年级才多少人？而且大家都知道它的条件，比很多大学的条件都好，他搞改革，国家教育发展中心都去给它扎起……我经常说，中国的教育，办成那个样子，作为"中国亮剑"可以，但不具备复制性。你拿出来推广，怎么推广？而棠湖中学的意义在于，它就在西部地区，在条件一般的背景下，生源条件、办学条件都很普通的情况下，为西部地区深化教学改革、深化高中的"选课走班"，试了水。我觉得他们带了个好头。

　　另一个模式，是以上海为代表的东部发达地区的删减版选课走班模式。东部发达地区是从2017年起，率先在全国实行高考体制改革的试点区域。他们的选课走班模式也可称为"部分走班"：将所有课程划分为套餐，由省（市）教育厅发文，要求普通高中必须开设6个套餐，以此类推，四星级高中8个套餐，五星级高中10个套餐……在朱元根看来，这是应对新高考的一种策略，有明显的优势，操作起来容易。但局限很明显：一是套餐中的学生落差大，调整不易；二是已经选择套餐的，有些套餐因为师资或者条件所限，开不起。由此带来两个弊端：一是没有尊重学生的选择权。二是教学实施的难度大。

两种模式参照权衡之下，棠湖中学有了自己的思路。硬件条件，无论是跟北京十一学校相比，还是跟东部沿海地区相比，差距太大。本质上讲，棠湖中学就是一所县级中学。如何在常态之下，在西部，在一所普通学校，寻求一种新的走班模式？

沿着这样的思路往下走，朱元根坦言，他被激发起来。

这就好比一条猛兽，到了山崖，无路可走，已被逼到绝境，它一定要寻出一条新路，方能存活。

这也是人们常说的：斗志。朱元根的斗志被激发出来了。以朱元根为代表的棠中人的斗志被激发出来了。

我们当时就想，既然既不能复制北京十一学校，也不能走上海、江浙一带的路数，那就蹚一条新路出来。而且，要做就做高端，走低端形不成影响力。同时，我还有一种原始的冲动，彻底走班，彻底打烂——打得越烂，问题肯定越多。我们就要让问题全部暴露出来，再去寻找解决的办法。问题少，或者没问题，不是真没有问题，问题还是在那里的，而是没有发现，没有暴露。我们不是要害怕问题，而是要拥抱问题。只要找到了解决问题的办法，一个学校的教学和管理就会整体提升。

朱元根的这番有关"问题"的言论，既诚恳又富于哲理。冥冥之中，还有着某种预感，某种预见性。事实证明，后来确实如他所言，打得越烂，问题越多。解决问题的方法，却只能在摸索中去探寻。

一刀切，全部选课走班。所有学科都走，让所有人都跳下去——这位富有诗意与哲思的学者型专家，在表述事物时，总是那么激情而准确，理性而生动：他们都担心，选课走班乱了怎么办，学生成绩下滑了怎么办？乱是肯定的，乱是因为问题暴露出来了，解决了问题，就会形成新的秩序。这就是改革。改革从本质上讲，就是打破原有秩序，再由乱到治。

至于成绩下滑，说到这里，朱元根换了冷静的语气：我们也有充分的思想准备，接受一切的后果。我们一刀切死，九个学科都跳下去了，到时候考试，不可能九个学科都考坏吧？只要有一科没下滑，那就说明，那就可以推断，不是因为选课走班考坏的。

严密的逻辑思维，透彻的利害权衡，充分的心理准备，仅是为了一点：号令响起，纵身一跃。

随即，选课走班的范围确定下来了。高三毕业在即，维持原状，高二（2014级）已经进行了文理分科，行政班与教学班已经融合，师生之间已相互适应，为保证教学工作的平稳发展，维持不动。选课走班从高一年级（2015级）开始实施。

朱元根随即开始拟订方案。

拟订方案时，朱元根才明白，这真是一条无人之路。旁边的路上有人，北京十一学校，或者上海、江浙一带那些已经实施了选课走班的学校，他们脚下的路，尽管也可以做参考，但参考的价值实在有限。而按照朱元根的设想，事先预定的标高又实在太高。换言之，棠湖中学将要走的，是一条悬崖峭壁上的无人之路。

他去查资料、看数据、阅读书籍、读案例……所有的方法都用尽了，落到纸上时，依然无从下笔。

许多问题深不下去，毫无经验可循。擅长文字、每天伏案研读写作的朱元根，最终拿出的方案，仅是一个框架。

那方案我后来看过。到我看时，已经做了补充。但仍然详略不当，落差很大。有的部分详细周全，比如背景条件、国家层面的方针政策、棠湖中学的办学理念及现实条件、新校区的硬件环境、文理分科的特定背景等等；课程设置也十分周全，以4.0T课程体系为线，一一列出。而另一些内容，比如学生管理、综合素质评价、业绩评估、硬件保障等等，仅有一个标题。事后朱元根感慨，邓小平同志说摸着石头过河，就是说，要想清楚才去做。其实没做的事，怎么想得清楚？要做的时候才明白。

但他想清楚了一个问题，方案是操作层面的事情，可以慢慢来，逐步完善，教师们的态度才是最重要的。可以想象，在这样大的变革面前，教师们的心态各不相同，有赞成的，有反对的，有忧心忡忡无所适从的。如何做好教师的思想工作，让他们改变观念，以开放的心态去接受它、理解它，才是真正的难点。

## 跃跃欲试

其实，就在领导层做出决策前后，棠湖中学的教师队伍中有一些人，早已经跃跃欲试。

2015级年级组长夏迎春就是其中的代表人物之一。

夏迎春是1991年9月以公招的方式来到棠湖中学的。那一次，与他同时前来应聘的，有49名数学老师，他是最终录取的两人之一。到2021年9月，他已经来到棠湖中学三十年整。三十个春夏秋冬，他从风华正茂的年轻教师变成备受尊敬的数学名师。不变的是敬业精神，不变的是对教育事业的忠诚和对新事物的那份敏感与包容。

搬到新校区之前，他正好接手高一，担任年级组长。那阵子，外面常有信息传来，说谁在选课走班了：比如北京十一学校，还有杭州的一个什么学校，都挺远的，都是外面的学校。四川省内却还一所没有。当时学校领导在大会小会都在说这个事，老师们也在一起议论，说人家都敢搞，我们也可以试一下。但当时是在老校区，老校区地方窄，好多功能室都弄成了教室，选课走班对场地要求又比较高，条件不具备，肯定不行。所以大家就希望搬到新校区后，能够迈出这一步。要搬新校区了，老师们就想，这下要把它完整地搞起来了。

年轻的物理教师李建军则有另一番感受。

李建军当时是2015届的班主任。高三毕业前夕，他发现，各个班级的学科老师，都在拼命抢占学生的自习时间，下发大量的习题，或者占用自习课上课。看到这个现象，李建军找到年级组长夏迎春，说，春哥，老师们这个样子，不顾一切抢占学生时间，实际上是在糟蹋学生。这样下去，最后的效果可能不如人意，甚至会把学生教傻了。

夏迎春却满怀信心：小李，你不要担心，这一届我们是在老形势下，但是下一届，我们就要实行选课走班了，到时候你说的这一切现象，都可以完美地回避。

事后李建军说，夏迎春随手就给他画了个饼搁在那里。

此后，朱元根也开始放出风来。在年级会上，在备课组长会上，朱元根总会说，下一届，可能要选课走班了，老师们如果有兴趣的话，可以去网上查一查，别人的选课走班是咋搞的。

李建军就想，看来确实要选课走班了。

2015届毕业。新一届高一，即2015级（2018届），李建军仍然是班主任。结果开学了，并没有实行选课走班。李建军的心里很是失落：虽然是高一年级，有些老师又开始像高三那样，抢占学生的时间了。李建军又去对夏迎春说，这样子抢时间，要遭。夏迎春说，你急啥？我们这个地方，地盘不够。下学期到了新校区，立马实施。李建军觉得又有盼头了。那好，又等。

那年寒假，要搬新校区前，朱元根在会上明确宣布，下学期开始，实施选课走班。

李建军说，那一刻，他心里的一块石头才算落地。

年轻的化学教师罗晗是2015年华东师大毕业后，一路寻觅来到了棠湖中学。她说选择棠中，就是因为棠中的"改革气质"。她在四川境内另一个教育大市出生、成长。家就住在那座城市的一所著名中学旁边。初中在这所学校就读，高中时，因为不喜欢这所学校的教学理念，"把学生往死里夯"，她舍近求远，去了另一所著名中学，最终考上了著名的华东师范大学。但毕业后，她却不认同自己的母校：我们为什么要在高中阶段把学生的思维禁锢在一个规定的圈子里，让他们不断地去刷题呢？这是罗晗用切身经历发出的追问。罗晗读大学时，在江浙沪一带跟着导师调查走访了很多学校，看到基本上优秀的学校都是努力让学生成为学习的主人。而棠湖中学从2008年开始就在搞三段式教学，就把这种理念贯彻到教学过程中去了，在罗晗看来，这是非常了不起的事，这在全国都是非常先进的。在亲身经历的背景之下，经过多方比较，她最终选择了棠湖中学。

罗晗第一时间听说选课走班，是在她作为化学老师，接手高一的第一学期。9月入学，到了11月，学校说下学期要搬新校区，就要进行选课走班。罗晗一直知道棠湖中学是一个非常重视改革的学校，但她仍然没想到会这么快：突然间进入这么先进的模式，在上海、江浙一带，能够真正选课走班的学校也很少，很多学校还是以行政班为基础，捆绑制的套餐模式。

　　罗晗为此感到既震惊又担心，觉得棠湖中学这一步跨得太大了。但她同时又想，没事的，反正早晚都要改，只要老师们愿意付出，到时候即便有很多困难，大家一起慢慢去克服。

　　大家，自然也包括罗晗自己。从那时候起，她已经预料到，选课走班之后，肯定会有很多事情，因此，从寒假开始，她就在屋里备课了。

　　开学后，当真选课走班了，肯定会手忙脚乱的。

　　年轻教师蔡敏，却是另一番不同的感受。

　　当时听说从老校区搬过来就要选课走班，我觉得肯定不能成功。因为不可控的因素太多了。第一是家长能不能接受，第二是老师能不能接受，第三是学生接受的程度。还有，在选课走班中肯定会遇到很多新问题，这些问题能不能够及时得到解决？当时很多老师比较焦虑，尤其是一些年龄大点的老师，习惯了一辈子的行政班教学，突然听说要搞选课走班了，又不晓得具体要怎么去搞，非常焦虑。

　　语文教师、行政办主任任飞扬也有相同的感受。

　　毕竟这个东西从没有尝试过，会不会出问题，会不会乱，大家心里都没有数。但刘校长当时说，如果出了问题，他来负责。具体来做，就是朱元根主任他们去思考，去执行。虽然能够感受到领导层的决心和魄力，但当时心里还是悄悄地捏着一把汗。

　　然而无论老师们的态度如何，是期待、忧虑还是反对，决策已定，方向已经明确，标准已经定下。2016年1月14日，棠湖中学行政会通过了选课走班方案定稿。1月17日，棠湖中学教师大会在新校区国际报告厅举行。刘凯在会上做动员讲话，朱元根对方案进行了正式宣读并做出解释。

　　在教师大会上，朱元根为老师们算了一笔账：选课走班是必然，是大势所趋。这一点不用再说。现在的问题只有一个，早走还是晚走？早走晚走都要走。早走的话，我们率先改革，并不意味着我们要付出更多。但早走一步，却可能意味着，我们还会有意外收获，有更多的附加值，比如说，可以扩大学校的影响力，可以积累更多资源，获得新的发展机遇。而晚走的话，该付出的努力还是要付出，但很可能，我们什么也得不到。

　　刘凯在会上，惯常的平和语气，温和的表情，却是一言既出，掷地有声：选课走班注定要出现问题，如果出现了不可挽回的大问题，说得直白点，就是把帽儿取掉也是取我的帽儿，也不会取大家的帽儿。大家不用担心，出了任何问题，我来一力承担。你们只管放开手脚，好好干！

# 第三章　纵身一跳

## 紧张的家长会

家长会开得有多紧张，时隔五年，回忆起那天下午，朱元根依然有些心跳。

家长会定在2016年1月22日下午，高一年级期末考试的最后一天。这样的时机是精心考量过的。那之前，给教师们打过招呼了，选课走班的事，要严格保密，不能走漏风声。不给学生说，也不能让家长知道。让学生全部身心投入考试。试考完，马上宣布，没有任何余地。

事关重大，家长的反应可想而知。高考的指挥棒挥舞了若干年，家长们已经被训练成了一个特殊的共同体，只看分数，别的都不重要。以往的改革，家长们从不会参与。原因很简单，都在课堂进行，都在行政班制度下完成。讲什么怎么讲，都是学校的事。现在要变的，是教学形态，是要选课走班。要害在这个"走"字。一听说要"走"，谈"走"色变：乱了怎么办？成绩下滑了怎么办？

这是选课走班路上，所有人共同的问题，也是改革路上的两只拦路虎。

谁也不愿意拿自己的孩子去当实验品，做"小白鼠"。

其实，有关这两个问题，棠中从决策层到老师，谁的心里也没有数，谁也不能给出肯定的回答。乱了怎么办？成绩下滑了怎么办？风险肯定有，但这是大势所趋，必须去冒这个险。学校要做的，是要拉着家长们，一起去冒这个险，去走这条从没有走过的路。

难度可想而知。

开会前好几天，学导处主任朱元根就开始紧张起来。他是家长会上的主讲。宣布方案，做出解释，解疑答难，都得他出面。家长会定在老校区礼堂举行。礼堂里仅有三百余个座位。高一年级24个行政班，1041个学生，一千多位家长。因此，会议不可能一次开完，得分三批次进行。1到8班先入会场。会议结束，9到16班再进来，再出去，最后一批，17到24班……

会前明确要求，每一个班按区域就座，所有班主任必须到场，在家长区坐镇。不得以任何理由请假。

必须保证家长会万无一失。

会议举行的当天中午，快到吃午饭时间，朱元根去了刘凯的办公室。也没有话。就是去坐坐。刘凯明白他的心情，也不多说。两个男人，就那样枯坐。两个男人，都是把事业当成生命，用事业代替生活的人。听老师们说，刘凯的心思全都扑在工作上，家里的事，倒是很少操心，都靠妻子一个人打理。成天都在学校忙，要不就在外地出差。我禁不住感叹，这样的人，从不同的视角看过去，截然相反。一面是事业，人人都说他好，另一面，作为他的妻子，需要多大的包容度，方能共度岁月？朱元根也同样，采访之余，闲聊之际，自然也聊到他的家庭。朱元根说，他从不操家里的心。我说，那你妻子没有意见？他苦笑道，有，但已经习惯了。

是的，习惯，一个多么无奈又多么宽阔的词。

此时，朱元根来到刘凯的办公室，做什么呢？就是想获得一点安慰，一点勇气？

下午的会，我去讲，他们会不会跟到我们走？朱元根终于开口说话了。他在问刘凯，也在自问。也在问时间，问虚空。家长会的时间临近了，秒针在手机上，在心坎上，在世界的任何一个地方，嗒嗒嗒响。

刘凯没有回答。

朱元根又道，要是，他们不跟到我们走，咋个办？

咋个办？刘凯在心里重复着朱元根的话，又悄悄答，只能走一步看一步。但他说出的话异常坚定：都到了这一步，你就大胆地去讲。

那天的家长会是下午1点半开始。每批次连带进出，一个半小时。会议结束，已经五点半。开会时，气氛冷静严肃。讲台上只有两个人：年级组长夏迎春主持，朱元根主讲。

讲话时，朱元根的手握成了拳头，从台上下来，手心里全是汗。

然而，会场并不如他担心的那样，会起哄，会闹事。第一场讲完，顺利散会，退场。有一些家长留下来，问一些问题。朱元根一一作答。有一位家长，上前来，说，朱主任，你们这个模式好啊。当年我读书时，我们学校也搞过一个类似的改革，结果我们那个年级，是历史上综合素质最好的。

朱元根的心里，泛起一阵欣慰。

但也能感觉到，家长们平静的态度下面，情绪还是复杂的。事发突然，大家都有些蒙。平静的气氛下面，是极不平静。

持续讲了四个多小时的朱元根，从讲话台下来，就像走过了一段架空的路，人有些恍惚。

果真，当天晚上，高一年级的家长群里，炸开锅了。情绪经过发酵，又因为藏在屏幕后面，无须节制，便以加倍的烈度向外喷射。

各种意见都有。赞成的，反对的，更多的是困惑迷茫。意见主要分为两类：一是正如那位上台来找朱元根的家长所言，认为是好事，是大势所趋，是国家层面的改革，也是为孩子的发展着想；另一类则认为，学校是在冒险，是在用自家的孩子做实验。有人提出了一个很尖锐的问题：为什么成都那么多名校都没搞，你们却要用我们的孩子当"小白鼠"？情绪沸腾时，有家长就在群里提议：我们投票嘛，大家都来投票，坚决反对……

消息反馈到朱元根那里。此时的朱元根已经异常冷静。他问年级组长夏迎春：群里有多少人，几百上千人吧？

夏迎春说，嗯，差不多一千人。

有多少人反对强烈？

大概五六十人吧。

全年级一千多个学生，只有五六十人反对，占比才百分之几。不能因为这百分之几的人的意见，影响我们改革。主体的反对声不强烈，我们就有底气，搞，继续搞起走。

但私下里，也去做工作。让班主任出面，讲政策、讲趋势、讲道理……一对一，一个个突破。两三天后，家长群平静下来，家长这一关，总算过了。

1月28日，以4.0T课程体系为构架，国家课程的36个分科分层模块、12个分类模块及35个校本选修课程，共计83个课程模块，公布在棠湖中学的校园网上，供学生和家长选择。学校依据上一学期的成绩，将学生分为A+、A、B三个层次，分层实施选课走班制教学。其中特定课程、特惠课程、特创课程为必选课程，特长课程为自选课程。而特长课程，有"中国传统文化之节日""高中化学实验探究""高中物理思维训练""简易机器人设计与制作"《影视编导与制作》等32个门类。

第一次选课，谁都没有经验，也没有专用于选课走班的电脑系统，全是"凭感觉"。由年级组长夏迎春通过班主任公布给学生和家长，学生选好之后，再通过QQ传给班主任，班主任统计好再传给夏迎春，再由夏迎春对全年级选课进行统计整理。

这样原始的手工操作，一次选课下来，仿佛绕地球转了一圈。

事后朱元根说，都没有经历过，我们也是摸索着来。但这至少标志着一个开始，我们把选择权交给了学生。长期以来，我们的行政班教学、固定模式，大家都在同一个教室上课，同一个老师，学相同的课程——都是被规定好的，不用选择也不会选择。单就这一点，第一次选课，意义重大，是真正把选择权还给了学生。换句话说，学生对自己的选择权的觉悟，非常重要。有选择才会有责任，有责任才会有成长；有选择才会有自由，有自由才会有创造。而成长和创造，是未来社会对人才的要求，也是我们之所以要改革的出发点和着眼点。

1月28日，课程选择表公布；2月8日，课程选择完毕。而另一边，棠湖中学的新校区已经落成，正在紧锣密鼓筹备搬迁。当时正值大年初二，一切都显得那么祥和、顺利。眼见着，新学期开学，棠湖中学的两件大事将同时进行：一是搬迁新校区，二是首届选课走班制教学将正式实施。

# 1041张课表

尚未开学，排课的工作先期进行。

之前，作为学导处主任、选课走班的设计者，朱元根的要求很清晰：要彻底走班，彻底打烂——打不烂的课表我不要！

而且，要一生一课表。1041个学生，1041张课表。

世界上没有两片相同的叶子，也没有两个完全相同的人。

然而，出师不利。排课表的难度之大，超出了所有人的想象。

也知道难度大，所以十分慎重。还是正月初七，大家都还在过年，棠湖中学排课表的人员就聚齐了。找了个酒店，开了个房间。封闭式工作，不让人打扰。参加排课的人员，除朱元根和夏迎春外，有学籍管理员熊曦，学校排课员樊晓丽，同时还请来了双流区信息化平台公司的工作人员。

大家躲在酒店里。课表好比作战图，部队要打仗了，如何用兵，如何布阵，得按照这张课表来。

何况，一生一课表，这是从未做过的事。

万事俱备，就差一张课表了。

事后朱元根说，尽管他们想到了排课表不容易，但实在没想到这么难。三天过去，最终的结果是，排不了，根本做不出来。不晓得从何下手。

各种可能都尝试过了，始终是一团乱麻。大家就像钻进了迷魂阵，找不到出口，晕头转向。

就有人说，应该找专业的电脑编程师来做。

学校孙丹老师的老公就是软件公司的工程师，专门负责编程，很快，工程师请来了。

工程师来了，埋头就算。可是两天过去，得出的结论更加肯定也更加专业：算了下，无解，排不了。

已经是正月十二下午五点多。离开学报到，仅有三天时间。关在酒店房间里的人，你看着我，我看着你。

大家又同时看向临时请来的工程师，孙丹老师的老公。

确实排不出来。工程师无奈地摇头。

可是，方案公布了，教师大会开了，家长会开了，课选了，学生的信息收集上来了，就差一张课表了。

就差一张课表了。

大家退了房，离开酒店，回到学校。可回到学校后，没有人回家，也没法回家。那一张课表搁在心里，似有千斤重，压得人喘不过气来，也挪不开步。不约而同，大家又到了朱元根的办公室。无人说话。随意散乱地坐着。眼前竖着一堵墙。心里有一万个的不甘心。难道，这好不容易下决心，好不容易迈出的第一步，脚已经伸出去了，就被这一张课表卡住，又要退回去？

这也太不可思议了。

可它就是事实。

没人能体会朱元根当时的心情。从逻辑上讲，一人一课表，肯定是可以做到的，怎么会无解？

不可能，肯定有解。只是，解决的方法在哪儿，我们还没有找到。

我们能不能找到？

有生以来，他从没有想要一种东西，一个答案，如那天一般。哪怕，就是一个最低限度的结果。

夏迎春的感受也同样。老早，他就在心里盼着，走起来走起来……人家都可以搞，我们为什么不能试试？他也跟李建军夸下海口：等选课走班搞起来，一切的问题，都可以完美地解决。

可眼下的现实是，问题不但没有解决，刚一出现，就是无解？

学籍管理员熊曦到了朱元根的办公室后，也不甘心，坐去电脑前，有心无意在网上胡乱逛着。突然，他搜到一家公司，北京的，做排课业务。赶紧向对方说明情况，问他能不能排，对方答，能，但要一万块钱，而且，要先打钱后干活。熊曦转告朱元根，朱元根道，答应他，打过去。管它的，先打过去再说。

事后朱元根说，当时根本就没想过，万一钱打过去了，排不出来，怎么办？人也没见到，也不晓得可不可靠，但顾不得那么多了。能有一个人说，排得出来，就是救命稻草。甚至，管他排得怎么样。钱不重要，排课的质量也不重要，重要的是，我要一个结果。

钱打过去，资料跟着也发过去了。由朱元根口述，熊曦打字，把意图和要求传达给对方。

与对方的沟通漫长而烦琐。四个人，挤在办公室里，脖子伸长了，堆在电脑前。把意图与要求跟对方详细说了，对方却道，估计很难，排不出来。

大家的心又悬起来。钱已经打过去了，怎么又说很难，排不出来？

对方说，这么多人，一千多张课表，他也从没有弄过。

黑暗再次降临。这一次，是真的黑暗，是深井。刚看见一点亮光，天又黑了。

再找不到办法，就真绝望了。

他不是说可以排吗？怎么又说不行？那时候，朱元根的恼火不是钱，他压根没想钱的事。他感觉恼火，是"排不出来"这几个字，将他的脑子点燃了，轰隆隆响，火苗乱舞：课表课表……就差一张课表了！

熊曦还在跟对方聊，也用同样的问题问他。对方说，他确实做过，但北京的学校哪有这么大规模，顶多两三百人，而且，也不是一人一课表。

让他试试，让他试试……

朱元根站起来，对着天花板说。人无助时，总是会对天诉说，仿佛上天真能够听见，仿佛天花板上，写着答案。

沟通一直在持续。对面工程师的话还没有封死，还有余地。有余地，就有希望。那点微弱的希望，好比钝刀，一刀一刀，切割着时间，也切割着所有人的心。难以承受的等待之苦。在等待中，时间跳出来，露出它的真面目。

已经是晚上九点多了。天已黑尽。窗外的天，是玫瑰色的，并不黑。旧校区在老城区，周围是连片的灯光和楼群。城市特有的轰鸣声，在远处，被校园的围墙阻隔着，也被校园的氛围阻隔着。假期里，校园的安静是特别的，静得出奇，静得有些不真实。没有一扇窗户亮着灯。就像人的眼睛闭上了一般。安静中有着涌动，孕育着希望。只要希望还在，绝望就不可能真正降临。

九点半，对面的工程师说，他要下班了，然后坐地铁回家，大约需要两小时。回家之后，再接着沟通。

深夜11点半，工程师再次出现在QQ上。沟通继续进行：我们需要什么，对方需要什么，包括课时分配、老师的分配、自习课的安排……

还是不行，排不出来，周一到周五，转不动，需要更多的自习课……

那就把周六也加上，周六一整天，当自习用，加到五天中去。

这是朱元根临时想出的办法。也是没办法的办法。谁都知道周六不应该排进课表，但他别无选择。

他想要一个结果。哪怕是一个瑕疵遍布、漏洞百出的结果。他只要一个结果，让事情可以继续下去。

别的事，再慢慢来。走起来以后，可以修正。事后朱元根承认，他是以犯规的方式达到效果。

次日深夜两点多，对面的工程师终于说话了，现在勉强可以排出来了。

工程师那边，又用去三天时间。正月十五晚上，终于收到了回复，工程师说，课表初步排出来了。

课表发过来，一核对，果真错漏百出。这样的课表是不能发给学生的。朱元根这才意识到，当初为了要一个结果，他降低了标高，只要能排出来。可现在排出来了，这怎么行？学生的课错了漏了，有些课重复，有些课压根就没有排上。

自习课可以增加，但学生选择的课必须满足。这是个不低的要求。再与对方沟通，工程师说，这是额外的工作，要做可以，但要加钱。

这一次，朱元根不再那么爽快了。事后朱元根说，这是同一笔业务，不应该重复给钱，这是其一。其二，课表排出来了，核实和修改过程复杂，数据琐碎，与对方沟通起来困难重重，倒不如自己来做，情况熟悉。

年级组长夏迎春就是后来具体操作的人。他说到自己"手工排课"的经历：课表拿到手后，只有正课，比如语文、数学、英语、物理、化学，自习他没法给我们排，排不出来。所以我当时第一个最棘手的事情，就是学生的白自习晚自习怎么排？当时又没有成熟的系统，只有手工排。手工排，就是用电子表格来排学生的白自习和晚自习，总之当时熬夜，在电脑上一个一个填，把全部学生的姓名排成一列，然后这个地方就用自习代码……排好以后分到班上去，让学生去找自己的代码，再精确到教室。但当时没办法精确到座位，只能精确到教室，学生到了教室自己找座位，就算这样也整整熬了好几个夜，总算把这个问题初步解决了。

而另一边，高一年级，此时已经开学，已经入学三天了。前两天，课表没排出来。排出来后，却不能用。核对和修改又花去了三天。到这时，开学已经一周时间。

政治教师蔡敏后来讲到这没有课表的一周时间：这个过程我比较清楚。我们搬来新校区后，已经开学了，选课走班的课表都没有排出来。学生连课表都没得，开学了，你说咋个办呢？学生就在教室里，先是安排上自习。私下里大家出主意，说喊以前的老师去上课。但以前老师去上课，当时文理科也没有分出来，同一个教室的学生，既可能是文科学生，又可能是理科学生，学生也不晓得自己在哪个班，如果老师去上新课的话，他会面临一个问题，比如说他把这一部分讲完了，到正式上课以后，没办法统一进度。所以课是没办法上的，根本就没办法进行一个有效的教学。

当时家长已经有反映了，我们就跟家长说，到了新校区，先安排他们进行体能训练，反正就是先给家长一个交代。但家长肯定还是觉得不对劲了，咋个那么多天既没有上课，也没有课表。最后我们又组织考试，把每一科都考一下。考试又花去两天，4天就赖过去了。

　　然后又是评讲卷子……总之想方设法，把一周时间赖过去。当时外面已经在传言，说棠湖中学一周都没有上课。后来总算挨过去了。

## "约谈"校长

　　课表出来之前，另一边，棠湖中学行政班子层面，却出现了新情况。

　　2016年2月21日，农历正月十四，棠湖中学行政会议在老校区举行。会议做出了一个令人惊讶的决定：原定选课走班事宜推迟进行，等新校区搬迁完成，运转正常之后，再做打算。时间待定。

　　朱元根听到这个消息时，正是课表在艰难诞生途中。他当时满脑子塞满了课表，没有一丝缝隙再塞进别的事。正月十五晚，课表出来了。尽管错漏百出，但总算是排出来了。

　　他去找刘凯。

　　刘凯的办公室当时还没有完全搬过来，但房间已经划定，部分物件已经到达，东一摞西一摞堆在屋中央。朱元根推门进屋时，刘凯正在归整这些物件。

　　朱元根劈头就问：听说行政会决定，选课走班要推迟？

　　刘凯抬起头，看他一眼，并不忙着回答。又竭力用了平和的语气：只是暂时推迟一个月时间，搞肯定要搞。行政会上，大家的意见很一致，都说，推迟一段时间再启动。

又怕朱元根不理解，又道，搬一个家也要乱一阵子，莫说是搬学校了。

朱元根道：不能推，必须马上启动。

不等刘凯反应，朱元根又道，一个月后，都正式上课那么久了，老师的进度有差异，学生也上习惯了，又让他在另一个地方去上课，怎么弄，怎么可能？

刘凯软了语气，道，你看这个样子嘛，到处都很乱，好多的地方，设施都没有到位……

乱肯定会乱，推迟一个月就不乱了？推迟一个月，问题可能更多。甚至很有可能，就这么拖下去了，永远别想再搞。

已经是吵架的语气，带着明显的火药味。若干天来，他的紧张与担忧，他的不安与煎熬，只是他自己明白。自从决定了选课走班，他的那根"弦"一直绷着。寝食难安，坐卧不宁。好不容易，课表排出来了，却突然说，不搞了，要推迟，他脑子里的那根"弦"，这一回，真要断了。

他的激动还有别的原因。想到中国的教育，若干年来，改革的声音不少，可叫来叫去，没见着实质性的进展，反倒是换汤不换药，走一步退三步：

素质教育提出来二十余年了，新课改一轮又一轮，高考新政也出台了，可是，放眼望去，这么多的学校，都按兵不动，都在左顾右盼，谁都不敢往前跨一步。教育受诟病，学生受压榨，家长苦不堪言……作为教育人，他不安啊。

何况，这一次，大势所趋，非改不可。顺势而为，抢先一步，在别人停滞不前的地方，正是取胜的时机。

何况，箭已经在弦上了。这些天里，做了这么多的工作，受了那么多的煎熬，都挺过来了，难道，这临门一脚，要退回去？

他感到既悲伤又委屈。

刘凯不语。他说的这些话，他想的这些事，刘凯都懂。他何尝不是深有同感？若干年来，在关于改革的问题上，他和朱元根的态度是一致的。他们既是上下级，也是战友，更是拍档。对方的心思，彼此都明白。

然而，作为一校之长，他所在的位置不同，要考虑的问题，要顾及的面，毕竟多一些。

但刘凯知道朱元根的脾性。他认准的事，九头牛也拉不回来。他不想说服他，只想让他明白，这是行政会的决定。

末了，又用了柔软的语气道：你想嘛，搬一个家都要乱一阵子，何况是搬一个学校。再把选课走班搞起来，肯定也要乱一阵子，两乱叠加，那会乱成什么样子？

行政会决定的，就按决定执行吧。

这是最后的表态，也是结束谈话的意思。朱元根立在屋中央，立在那一堆横七竖八的书籍文件堆里。他就像固化了一般。突然，他撂下一句，不干就算了！转身离去。

门是被重重摔上的。听见摔门声，听着朱元根咚咚离去的脚步声，刘凯就像被震醒了似的，跟着朱元根追出去。他一路叫喊：元根，朱主任……可是朱元根不理，疾走如风。刘凯跟在后面，见朱元根进了楼梯间，下楼，他跟进了楼梯间，下楼。朱元根到了一楼走廊，他追到一楼走廊。朱元根走得决然，刘凯追得坚决。两个人，保持着等距离，既没有拉近，也没有掉远。一楼是架空层，不置一物，空气中透出一股新装修建筑特有的气味。刘凯越追越感到紧张。他从没有见过朱元根这个样子，这个理智温和的人，把他的倔强藏在温和里。与之打交道，你能够感受到他的温和的同时，也能够清晰地感受到他的倔强。工作中，他们时常会有分歧，也曾有过争执，但刘凯从没有见他如此失态。担忧一经放大，竟生出恐惧来。

我看他情绪非常不好，怕他跳楼去了，赶紧追出来，撵下楼去。事后刘凯说。

新学校，新的架空层，一切都是崭新的，也同时是忙乱的。必要的设施还来不及完善。就在朱元根走到走廊尽头，转过弯去的那一瞬，他脱离了刘凯的视线。与此同时，一阵风刮来，玻璃门哐当一声关上了。等刘凯转过弯，追至大厅，朱元根已经出了大厅，走下阶梯。

刘凯径直追着，被一道强大的力挡回去。

待刘凯回过神来，他已经坐在地上。

是被玻璃门挡回去的。那崭新的门，还来不及贴上提示横杠。

事后刘凯很是委屈：哎哟他气冲冲那个样子，根本不听我招呼，他那个样子，说不定要跟我动手，但我不管，我就想把他抓到，我就一直在后面撵。

后来我碰到玻璃门，我坐在地下了，我喊他他还是不理我。我绊倒了，他也不理我。我就说，你好狠呀你。

叙述这个过程时，我看到了刘凯的另一面。那个像单纯男孩一般又认真又执拗的一面。朱元根说，他头上碰了个大包。我用这话去问刘凯，刘凯道，哪里是大包，碰了个口口，还出了好多血。

我笑起来，看见了一个校长一个主任的背后，都是两个小孩子。

但刘凯最终还是找到了朱元根，用哄小孩的口气：这样嘛，我们去找年级上的老师，去找夏迎春他们，大家一起座谈一下嘛。

座谈之前，老师们早已得到消息。当天晚上，高一年级年级组长和所有的备课组长都聚齐了。

朱元根自然在。他抛出了问题：

学校的意见是，先按现在的行政班，上一个月课之后，再开始选课走班，这是第一种选择。但我的意见是，现在就走，课表已经排出来了，有错漏我们核准修改。大家讨论一下吧。

据政治教师蔡敏回忆，其实当时大家心里都觉得很难，不管咋个选择都有问题。最后大家就决定举行表决。表决的结果，还是决定马上走。

因为一开始就走，肯定会遇到很多麻烦。但是如果说先按以前的模式上了一段课过后，突然之间再来改变，有可能学生心里的抵触情绪要多一点。这是高一年级副组长奉红的意见。

不管有啥困难，大家约好了，先走起来，再一步步去解决。

这是大家一致的意见。举手表决之后，由夏迎春打电话，把校长刘凯请了过来。这便是棠湖中学有名的"约谈校长"典故。

约谈的地点在新校区第三教学楼208教室。参加人员有高一年级组长夏迎春，副组长奉红。九大学科备课组长分别是：语文陈文权、数学周俊、英语秦倩、物理张朝贵、化学周海森、生物全建波、政治蔡敏、历史蔡果、地理陈文。另有学生处周怀友、历史教研组长邱君益、物理教研组长刘明胜等。

回忆起那次约谈，刘凯道，我当时确实很犹豫，刚刚搬了新校区很混乱，选课走班刚开始肯定也乱。我就想推迟一下，先开了学再走。或者推迟两三个月。但他们不干。他们来约谈我，想说服我。但我从理念上、决心上，我跟他们是一样的啊，我这里没问题啊。我就是担心准备工作做好了没有。

因此，在约谈现场，他问了老师们许多个问题。

第一个问题，我说，是不是你们所有的管理团队都想干？

他们说，是的，他们已经举手表决了，都愿意干。还让我看记录，说有多少人参加，多少人举手，搞得很像回事，说他们坚决干了。

我又问，你们团队要干，像这种颠覆性的改革，可能其他老师很抵触？他们说，管理团队已经跟其他老师通过气了，老师们也想干。

第三个问题，选课走班，不管是顶层设计还是具体操作，你们做得如何？

顶层设计的介绍者，自然是朱元根。刘凯听着，其实不用听，他早就知道。平常跟朱元根、夏迎春在一起，不知道聊过多少回这个话题。但作为校长，他还是担心，还是怕乱。那么多的学校按兵不动，停滞不前，难道没有道理？还有的学校，动起来了，因为出现了混乱，又退回去，不干了。

教师们便向刘凯说到两个措施：第一，强化纪律意识，绝对的底线意识。不管老师还是学生，触犯了纪律绝对处罚。第二，过程管理到位。

刘凯道，以前是行政班管理，现在的学生在流动的过程中，每个环节上，每个节点上，都要有人去管。这种选课走班制，学生在流动的过程中，就怕责任不明确，管理混乱，互相推诿，事情就麻烦了。

老师们道，也没问题。

那家长和学生的工作呢，做通没有？

都做通了。老师们说，还跟学生谈了很多美好的愿景，特别是说到要把选择的权利给学生，学生们都很高兴，家长也很高兴。

事后刘凯说，老师们跟他说的这些，特别是家长这一块，是有水分的：他们是怕我担心。我也肯定有担心，但我也乐意相信他们的这些说法，我也想推动这个事情。

凭经验，刘凯也知道，家长方面的工作，不是那么容易。而且随时都可能有变化，随时都可能出现问题。因此，刘凯道，家长方面，不要有反对意见，有反对意见也可以，但不要搞得很激烈，不要闹到教育局去了，闹到媒体去了。

叮嘱完这些，刘凯道，既然你们都说准备好了，那就干嘛。又道，既然我同意了干，以后一切的后果，都由我承担。

说罢又有些不服气似的，道，话说回来，就算我不同意，你们干了，出了问题，还不是我来承担责任，对吧？

话语之间，又诚恳又无奈。

最后，刘凯道，你们自己下去好好干，干好它，我就不多过问了。

又转过头去，特别地看了一眼朱元根，说，我把一切都交给你了，出了事情，我就去找你。这一眼，既是对他的信任，也是对他的倔强予以还击。

## 演练“事故”

果真就出事了。

先说课表。那1041张课表，用“纯手工”的方式核对修改结束，已是25日上午。其他的年级早已开课。按原计划，25日下午四点，正式走班之前，将进行一次全过程演练，26日一早正式走班。

课表排出来了，可是一生一课表，不能复印，只能打印。1041张课表，一张一张打印。就在老校区的学导处，两台打印机同时工作。打印结束，已是25日下午两点多。有人早已等在新校区校门口。各班主任则等在行政楼一楼的架空层。课表送达，抱起来就跑。

课表抱回去，问题又来了。1041张表课，一张一张，都是单个的姓名。没有班级。没有编号。班主任找不到自己的学生。24个班，全乱了。太乱了。临时想出办法，每个班，叫几个学生来，大家一起找。一个班来5个，24乘以5，单是学生就是一百多，还有年级组长备课组长班主任……加在一起，两百来号人。没有桌凳。光麻麻的一片瓷砖地，几根大柱子立在中央。大家不约而同，以石柱为依托，蹲在了地上。遍地是人，遍地是白花花的纸张。那场面，倘若从空中看去，颇为壮观，然而，五年时间过去了，师生们至今讲起，仍感觉紧张、慌乱，心仍在怦怦直跳。

政治备课组长蔡敏说：那天下午学生在一楼找课表，全是乱糟糟的。当时，年级组长跟我说，你还是在楼底下去帮到维护下秩序，因为每个班的班干部都来了，所有学生都在一楼，靠着柱头，找自己班上的课表。当时那个场景给我的触动很深，就感觉一个课表都这么难，后头还能不能整下去噢。

朱元根也说，这是很笨的办法。但那个时候，没有选择，也没有捷径，只有用这种最原始最笨的办法。

下午三点半，课表终于分发完毕。看着老师和同学们抱着课表飞奔而去，朱元根悄悄地轻了一口气。演练时间定在四点，看看手机，仅有十来分钟了。朱元根的心又悬起来。一个一个的关口，真像是打仗一般，攻山头，掠城池，夺失地……就在这一片校园里，金戈铁马都踏过了。

按照计划，四点一到，铃声准时响起，开始走班演练。以十分钟为单位，在教室坐十分钟，铃声再响，开始下一轮走班，再坐十分钟，再走，依次类推……全天的流程，以这种压缩的方式，全部走一遍。

这之前，也担心出现混乱。先在网上公布了演练流程，班主任又在班上反复交代。应该不会有问题。越这么想，朱元根越是感觉紧张。

这是千年第一走啊。尽管这样说有些夸张，但凡事都有个起始。盘古开天是起始，当初棠湖中学建校是起始，今天选课走班演练，也是起始。从无到有的事，看上去寻常，而亲历者，忍受过多少煎熬，无人能懂。

铃声响起时，他站在高一年级教学楼一楼的架空层。但很快，又跑去了教学楼中间的花园里。教学楼是个四合院，井字形，站在中间的花园里，可以看见楼上四面的情形。他在花园里仰起头，原地打转。四个方向的学生，有的来，有的去，形成交叉，形成交织，像四条河流在同时淌，各有各的方向。但很快，流淌的线条看不见了，所有的水汇在了一起，所有的学生挤在一起。堵塞面越来越大，越增越厚，真像是洪水一般，就要破堤，就要冲出围栏。

他的心提到了嗓子眼。声音也大得出奇。他在楼下喊，这个是上课铃声……这个是下课铃声……但洪水面前，人的声音再大，也细如微尘，无济于事。没有人听见他的声音。大家都用心拥挤去了。楼道被挤得水泄不通，既过不去，也过不来。他在心里喊，天哪，这个样子，明天怎么弄啊。

地理老师杨海波是高一年级的班主任，也是亲历者。回忆起当时的情景，他用了一个词：心惊胆战。他说，学生一开始就走乱的。有的学生上课了，还在往外走，有的学生该下课了，还坐在教室里面。也有的老师该下课没下课……后来我们回想，原来是把上课和下课时间都留成了10分钟，学生分不清哪是上课铃哪是下课铃，所以整混了。整到后头就感觉非常不好，非常担忧。

演练在极度混乱中结束。

离开教学楼下的花园，朱元根没回办公室，而是径直去找到心理教师张怀健。他已经无所依托，唯有去寻求支援，求助预测。或许，以心理教师的专业能力，能给他一些安慰，一线希望。

心理教师张怀健理解他的心情。刚才走班时，他也在现场。因为角色不同，他自然比朱元根冷静多了。他说据他观察学生的情绪状态，明天也许没有问题。

现在是试走，学生可能比较紧张。张怀健又说。

也许……紧张……都是些让朱元根心惊肉跳的词。他很愿意相信张老师的话，但他压根不信，仍然在心里暗暗叫道，明天，要是明天还是这个样子，该怎么办，怎么办？

晚上八点，班主任都到齐了。24个班主任，加上年级组长、备课组长，满满一屋子人。朱元根看着大家，喉咙哽咽，心沉重得说不出话来。失败仿佛早已注定。"选课走班"，被世人视为畏途，可他们偏偏要走。脚刚伸出，还没迈步，就卡住了，难道，这就要退回去？

别无选择，只能强打精神：我们，尽量去补救……

话依然是那些话，只是更加精细，怎么去指导学生，怎么准备，学校的示意图、房号的编排、教学楼的布局，连老师的站位也落实到人。此外就是学生的大书包、大水杯……凡是能想到的，都做了强调。

真正做出改变的，仅有两点：第一，老师们反映，205教室有点漏水，调到了502——课表不能动了，只能口头传达，这让朱元根担忧之上，又加了担忧。第二，当初从安全考虑，三楼到四楼之间有一道隔墙，演练时，这里成了最大的堵点。连夜动手，把三楼到四楼间的隔墙全部拆掉。

会议结束已近11点。回到家，躺去床上。那个夜晚，注定是个无眠之夜。夜静了。夜的寂静也是一种力度，纺锤一般，敲打着时间。时间却如一道厚壁，怎么敲，怎么打，也不回应。失眠之夜，时间的真面目露出来，与人对视。

第二天，7点50分，早自习下课，铃声响起，开始走班。所有的学生背着书包，拿着课表，向不同的教室走去。五分钟内，全部各就各位。

每一个走廊的拐角处，都站着老师。老师们后来合计，仅有七个学生遇到了波折，原因是，因为漏水，205教室换成了502。朱元根那天没在楼下的花园里，他直接上到教学楼，站在楼道上。有一个学生跑过来，问他，老师，我跑到205去，一个人都没有。朱元根笑道，你没有听到？205换到502了。

## 报还是不报？

走班的一关闯过了，大家松下一口气来。可是刘凯那边，紧张的心还提着。

老师们"约谈"他时，他坦言，他是很有些犹豫。他也问过老师们许多问题，老师们都一一做了回答。但刘凯不傻，他能听出老师们的回答中，哪些可靠哪些大有水分。他的心里一清二楚，他们在跟他"演戏"。

他们演戏，我也演，我晓得他们没得数，我也装作相信他们有数。

别说"约谈"当天，就是排课表的事，也没有逃过刘凯的眼睛。

我晓得他们在悄悄排课表，排得很不顺利。我晓得，我咋不晓得？我假装不晓得，一直没理他们。

他们说了那么多大话，我就懒得管他们，让他们整。

这是一个校长的"难得糊涂"。

刘凯的心里明镜似的。而且，表面不动声色，他在心里却有着备案：我心里想，课表实在排不出来，也还是有办法，搞一个简缩版，把它压缩了，不要那么彻底，也可以整起走。最后不行的话，做一些组合，也能走得起来。

在朱元根那里，天都要塌了的事，在刘凯那里，却是举重若轻。

但刘凯不动声色。他说过，你们自己好好干，我就不过问了。

演练那天，他也在现场。"乱"成那个样子，他无声无息：我晓得，很乱，咋不晓得。但我觉得没啥大问题，乱是因为紧张，不熟悉，走熟了，就不乱了。

他说过，出了"问题"，他会去找朱元根。但他没去找。他压根没以为出啥大问题了。这是气度，更是信心。

刘凯站在一个高处，密切关注着事态的发展。但刘凯也坦言：

实际上，从我内心来说，一切的压力都在我身上，说不担心是假话。但我很乐观。我这种乐观建立在两个基础上：第一，我对这个事情有自己的判断，它是遵循教育规律，也是大势所趋，有国家的政策做支撑。我相信符合规律的东西，它就是出现问题也大不到哪里去。第二，对我们的管理团队，对我们的老师，我有信心。因为是他们自己在推动，而不是我硬生生要把他往那儿拽。如果硬生生往那儿拽，事情是很麻烦的，抵触情绪会很大。因为棠湖中学的老师有这种改革的意识和经验，有改革的基因在里头，这是棠湖中学的一种内在文化。在新高考的背景下，他们自己的认识比较深刻，当然这种认识是引导的结果。同理，他们对我这个校长也是信任的，觉得我不会把他们带到沟里去。

我经常跟他们说，迟改不如早改。跟到别个做，不如别个跟到我们做。就像敬酒，你主动去敬人家酒，而不是被动接受人家的敬酒，你的精神状态不一样，你是处于进攻状态。

基于这两点，我心头还是比较有数的。

然而，刘凯的心里却有着另一番纠结。

原来，教师们"约谈"他之后，他表了态：那你们就干嘛！好好干！

可是，态表了，干这么大的事，要不要给领导汇报？

他在心里纠结起来。按说确实应该汇报，这是惯例。作为校长，一把手，很大程度上，要平衡好各个方面的关系，尽可能多地获得各方面的理解和支持，这是当校长的重要职责之一。

刘凯在这方面，可谓用心用情，做得十分到位。但刘凯绝不是放弃主张，唯领导是从的性格。该有主见时，他是绝对忠实于自己的意志。

刘凯当时是这样考虑的：

向领导汇报，不外乎两个原因：一是请领导给你支持。但是我现在去给他汇报，请他给我人给我钱，他给不给？不会吧？第二个，向领导汇报，就是想请领导帮你承担责任，可不可能？两个都不可能，我就想，领导们思考问题，往往会从全局出发，以稳定为主，如果我去报了，万一他坚决反对呢，那你就不能干了。这时候你干了，就是不听领导招呼。这个事情是我最纠结的地方。

在这点上，朱主任他们是体会不到的。

权衡再三，刘凯最终决定不汇报。他是担心，担心他变成曾经的朱元根、夏迎春等：担心领导不同意干。

我想了一下，我没去报。万一他说不让干呢？那就真干不成了。

更重要的是，刘凯已经想好：我不汇报，干坏了，我自己担责，不牵连任何人。干成了，我相信领导也能理解。

果然不出刘凯所料，演练虽乱，但第二天，正式走班时，秩序井然，非常顺利。刘凯眼见"事情干成了"，没有出现混乱，赶紧去到双流区教育局。半小时不到，区教育局副局长付云昌、教育科长廖冬梅已经到达学校。

领导们自然是吓坏了：干这么大的事，居然一点风声也没听见！

但校园的景象也让他们惊讶。一如既往的安静、整洁。天空中传来琅琅的读书声。间或，有一两句高声，那是学生在回答老师的问题。随后，他们来到了高一年级教学楼，那幢教学楼就在靠近校门的左边，一进门就可以看见——那是棠湖中学首届"选课走班"的教学楼，里面坐着1041名学生，他们是棠湖中学划时代的一批学子。当初确定把高一年级安排在这里，也是用心良苦：走班的学生流动量大，教学楼相对独立，不会影响其他年级的学生。领导们眼见为实，看着一切正常，一切都井然有序，仍不放心，等到下课，又去看同学们走班。下课铃响起，高一年级的教学楼"苏醒"过来，同学们从教室涌出来，或大步流星，或小步疾走，或不慌不忙，或行色匆匆……走廊上全是人，天蓝色的校服，如蓝色的河流，淌过去，流过来，水流或急或缓，双肩包颜色各异，背包旁插着大水杯……十分钟后，铃声再度响起，校园重归于宁静。

临走，教育局的领导们放下心来。副局长付云昌的话语里仍然透出无奈：你们干都干了，只是不要出现问题，教学质量不要下滑，我们也就没啥说的了。

大约一周之后，刘凯又去了另两个重要之地：四川省教科院和成都市教科院，将棠湖中学"选课走班"的事分别做了汇报，引来同样的惊讶，同样的急匆匆赶来现场。市教科院的专家们不敢相信眼前所见，反复地问，你们真干成了？省教科院的专家则不露声色，道，把你们的一生一课表拿来看看。课表拿出来，专家一眼就看出了问题：自习课明显多了。朱元根立在一旁，解释道，尝试阶段，我们也知道有问题，接下来一步步完善。

消息很快传开。省教科院院长刘涛是著名的教育专家，从科研引导的角度，带领省教科院的专家们正在全省范围内寻找典型。鲜活的案例就在眼前，让他异常兴奋，他随即赶来，要看个究竟。副院长董洪丹也是棠湖中学改革坚定的支持者，对棠中的情况早有了解，他陪同在刘涛身边，一路介绍，如何选课，如何走班，如何一生一课表……刘涛当场表态，下半年的全省选课走班现场会，就在这里开，就把这里当作现场。

# 第四章　走班之初

## 多出来的自习课

然而，走班开始，问题频出。

想起来朱元根的一番话：

打得越烂，问题越多。我们就是要让问题全部暴露出来，再去研究寻找解决的办法……我们不是要害怕问题，而是要拥抱问题。

这是一种开放、勇敢的心态。也表明对于即将出现的问题，早有预料，早已经做好了思想准备。然而，提早的准备再充分，却丝毫不能减少出现问题时的苦恼和解决问题的过程中，必然要经历的艰难与磨炼。

出问题的，首先是那些自习课。

当初排课表时，"一生一课表"，北京的工程师课表倒是排出来了，但只有正课，不包括自习课。大量的自习课留给学校自行解决。

　　而最初的那段时间，管理团队的主要精力，都放在秩序的维护上了，怕乱的担忧占据了所有人的心思。把上课的教室安排好，把任课老师与走班的学生对接到位，保证学生走班流畅……而自习课，用朱元根的话说，是属于接下来慢慢完善的范围。因为是手工排课，修改后的课表上，自习课只是划分了教室，无法精确到座位。学生上自习时，到了教室，自找座位。且同一个自习课教室里，既有文科生，也有理科生，无法安排任何一个科任老师或者班主任值守，更不可能安排统一的自习课学习任务。

　　选课走班后的自习课，成了让教师们始料不及的"新生事物"。

　　可想而知当时的情形。年级组长夏迎春说，自习课是他选课走班以来第一个感觉痛苦不堪的事。真的，非常痛苦。

　　首先，有的学生不熟悉课表，甚至忘了带课表，经常会有学生找不到上自习的教室，无头苍蝇一般到处乱窜。其次，学生到了教室以后抢座位，要跟要好的同学坐一起。有的还任意调换教室，导致其他的学生没有座位。加之最初的时候没法安排老师值守，自习课俨然成了休闲课，闹哄哄的，看小说、睡觉、讲话……有的干脆就跑去操场上打球，或在校园里闲逛，即使一些想认真学习的学生，也会因为教室里太闹而受到影响。

　　而走班之前的自习课，常常是两种状态：要么被科任老师征用，要么有班主任一直守着。

回忆起当时的情形，老师们事后调侃说，当时的自习课，最能够体现选课走班"还自由给学生"这一特点。

"自由"的自习课，严重影响了正常的教学秩序，成为选课走班初期面临的重大挑战。

怎么办？群策群力，开会研究。

专门针对自习课管理的会议是由年级组长夏迎春召集的。参会的人员，还是那些老面孔，除年级组长夏迎春、副组长奉红外，还有九大学科备课组长。由他们组成了棠湖中学首届选课走班最初的管理团队。他们是年级的管理骨干和教学骨干，也是改革的急先锋。以他们为基础，后来又吸纳进一些积极主动的年轻教师，如罗晗、李建军等，并自封名号：选课走班先锋队。

那天的会议，商议出解决的办法。首先，固定自习课的座位。把教室的每个座位都编上编号，再对应到学生的课表，每节自习课在课表上标出对应的教室和座位编号。其次，把自习课管理下放到九大学科备课组，实行备课组承包制，由备课组安排老师对自习课进行巡查，检查学生的到位情况和自习课纪律。有违纪情况，由巡查老师和备课组长进行处理，并及时通报到年级群。

学生有了固定的座位，有巡查老师不间断在每个自习课教室巡查，违纪现象明显减少，自习课秩序回归正常。然而，新的问题同步出现。自习课巡查让所有的老师都牵涉进来了，增加了老师的负担。老师们有常规的教学任务，要上课、要备课、要批改作业，晚上还要坐班，加上每周不少于4次的自习课巡查任务，让老师们深感不堪重负。而另一面，学生的自习课表面看来一切正常，秩序井然，实际的学习效率并不高。有的学生一节自习课结束，40分钟过去了，只做完一道题，或者书还是翻在第一页。"身在曹营心在汉"。老师们投入了大量的时间和精力，自习课效率低下的问题仍然没能解决，让老师们深感既无力又无奈。

备课组长们又聚到一起，开会，再开会。那段时间，不知道开了多少会。也是在那些没完没了开会的过程中，一个具有划时代意义的管理雏形就此出现：级部管理，即年级上的管理部门。首个出现的年级管理部门为"课堂管理部"，由年轻教师、数学备课组长贾斌自愿担任负责人。

没有经验可循，没有前路可走。一切都是未知的，即兴的。开会之前的一分钟，谁也不知道该怎么办，会后却诞生了一个崭新的部门。这是思想与思想碰撞的结果，也是无路中寻找出路最常见的结果。这就是摸索，就是探路。随后的许多管理，都是沿着这条思路，缓慢前行，最终形成了棠湖中学选课走班制改革最值得称道的管理体系：二三四级部管理。

此为后话。回到"课堂管理部"。

"课堂管理部"成立之后，由贾斌开始"招兵买马"。除贾斌之外，另有李瑛、苟一泉、蔡果、樊倩、张朝贵、熊梓淞等6位老师主动加入，组成"课堂管理部"团队。

招募回来之后，由我们这些骨干力量来处理，不再把全年级老师都套进去，免得怨声载道。贾斌事后说。

"课堂管理部"的职责，已不再是单管自习课，所有的课堂秩序都归口管理。首先是制定课堂管理规则。有白自习规则和学科课堂规则。按照规则，对迟到、早退、上课睡觉、乱坐位置等违规行为进行处罚。

规则好定执行难。"课堂管理部"的特别之处在于，以"特别关怀表"的方式，放大违纪成本。学生一旦违纪，由"课堂管理部"人员先进行现场教育，再填写一张"特别关怀表"，由班主任出面教育，再返回"课堂管理部"签字，违纪事件方才处理完毕。

一次违纪，三层处理。违纪成本放大，违纪事件明显减少。

严格而专门的课堂管理进行一段时间之后，达到的效果正如贾斌所言：你上到一层楼，即使全部都是自习课，你会发现一个老师就可以把整层楼管理得很顺畅。你可以感受到，这些娃娃太专心了，不需要哪个老师天天站在教室里面，去把他盯到他才晓得学习。

就和我们之前提倡的，选课走班改革，是为了激发学生的自主学习能力不谋而合了。我们逐步意识到，选课走班这一步，是走对了。

课堂秩序好了，可是仍有老师说，学生的学习效率比以前差了。朱元根却认为，这是老师的主观感觉。学生的感受正相反——学习的效率高一些了。地理备课组长杨海波证实了朱元根的观点。杨海波因为教地理，而地理属于文科，从教学和自身利益出发，选课走班以前，杨海波也是竭力要求提前分文理科，对选课走班却是抱以无所谓的态度。

选课走班之后，亲历了那些艰难与无序：课表诞生的艰难、分发课表时的紧张、走班演练时的"心惊胆战"、自习课的混乱……作为备课组长，杨海波在心里对选课走班产生了怀疑，甚至排斥：如果是一个班的问题，可以跟老师交流，如果大家都这么说，会不会是制度出现了问题？

有了疑虑之后，杨海波是个有心人，走班一个月时，他自己做了个问卷调查，内容有学生对选课走班的满意度、自习课的效率、学习的整体感受，等等。问卷采用不记名、只扫码的方式，确保其真实性。问卷做好之后，他拿到学导处，公开向朱元根表达了怀疑。不料朱元根说，他也正想做问卷调查，就让他一并做了。问卷收上来后，扫描、分析，得出结论是，学生非常认同选课走班，觉得走班过程中有很多收获。尤其是说到自习课时，学习的自主性增强了，效率高了。并表示，选课走班对自己的成绩不构成影响。

那刻起，杨海波的心里起了波澜。他开始思考起一些问题来：高中学生，已经有理性思考的能力了，学生和老师的观察点和思考点，应该存在一些差异。看来选课走班，方向肯定是对的。老师要做的，只能是尽量去解决过程中出现的一些从没有遇到的问题。

杨海波的心路历程，也是棠湖中学大多数老师的心路历程。

## 卫生怎么办

与自习课管理问题同时出现的，还有体育课及清洁卫生等问题。

先说体育课。

体育课的上课地点在室外，最初排课表时，体育课是最不用操心的一门课程。没想到走班之后，问题很快就出来了。

体育课的上课地点在操场。遇到下雨，操场上没法上课了。最初阶段，学校便通知学生到阶梯教室上自习。可是人到了阶梯教室，好几个班，一两百人，人数没法清点。且学生一进了教室，体育老师的管理权限受到影响。在学生的印象中，体育老师只有在操场上具有权威。阶梯教室里的学生，就成了管理盲点中的一个特殊群体。

也管不了。不好弄。说到当初的体育课，朱元根直摇头。

但问题不难解决。也是借鉴自习课的管理办法，先划定下雨时上体育课的教室，再给学生编号定位，精准到人头。只要是下雨天，上体育课的学生不在操场，就按教室和编号考核。无序的状态很快改观。

然而，清洁卫生问题，却不是那么好解决的。

以前的行政班制，每一个班，划定了公共卫生区域，有一整套的管理办法。走班之后，行政班还在，但学生来来去去，行云流水一般。行政班形同虚设。班主任还在，但学生已不在班上。谁也不知道学生在哪儿。教室里只见垃圾，可谁也不对教室的垃圾负责任。

不光教室，所有的公共区域，全是垃圾，全都找不到人负责任。

杨海波详细为我讲述了当时的情形。

比如一个学生在走班的过程中，他第一节课在201教室上，第二节课在202教室上，第三节课在205教室上，那么他第一节课就可能把用过的纸巾，塞在桌子里面。第二节课，另外的学生来了，纸巾不是他塞的，他不会收拾。有可能，第二节课，他又把自己用过的纸巾也塞在桌子里面。第三节课，纸巾又塞在第三个桌子里面……那些娃娃就相当于"一带一路"，走到哪个地方就把垃圾带到哪个地方，到处都是，教室里脏得一塌糊涂，很糟糕。包括黑板也一样，上完课，下课了，老师走了，学生也走了，连黑板也没人擦，值日的常规服务也达不到了。

朱元根则说到一个细节。走班之后大约一个月时，他跟高一年级副组长奉红一起去教学楼，从一楼到五楼，到处都是垃圾，厕所外面，垃圾桶堆得装都装不下。我走一路骂一路。朱元根说。

但老师们很无奈，也很焦急。问题摆在那里。但问题的要害在于，谁也不知道是谁造成的后果，谁也不为此负责任。

作为年级组长，夏迎春说，这是走班之后让他十分头痛的又一个问题。

走班以后，人员的流动，加大了我们的负面的东西，卫生条件差，甚至可以说，卫生状况十分糟糕。但后来又想想，但凡人口密度高，人口流动性强的地方，比如火车站，还有大马路上，肯定就没有酒店大堂里的卫生搞得好，也没有自家客厅的卫生好，这个也很正常。这是不是选课走班导致的，我倒不觉得。这些负面的问题，我们应该如何去导向？如何去解决它？

遇到任何问题，都要从正面去思考，去解决，而不是怀疑"选课走班"的改革。这是棠湖中学管理团队的整体态度。

寻求解决的办法时，级部管理的第二个部门出现了。

说到这点时，夏迎春的感受尤其深刻：以前的年级管理，比如说2009届，我一个人管一个年级，到2012届，就配了一个副组长，2018届，也就是选课走班这一届，我和副组长奉红两个人，根本管不了。太多的事情，必须依靠大家。几个级部管理团队就出现了。当时的卫生也是这样，成立了一个管理团队，叫作"学生自主管理委员会"，专门管卫生。

"学生自主管理委员会"成立后，指定一个老师分管，将学生组织起来，自主管理。每一节课都有学生查卫生，查到不符合标准，归结到上一个老师和学生的名下。上课时，老师再反复提醒学生，要把垃圾带走。做得不好的，处罚任课老师，扣罚责任者10块钱。

但"学生自主管理委员会"成立之初，委派的那名负责管理的老师太年轻，缺乏经验，管理的效果不如人意。半学期后，又换了另一个老师分管，卫生状况才开始好转。

然而，卫生状况改善了，课堂秩序也好转了，但老师们的焦虑有增无减。转眼之间，选课走班已经实施快一个学期，问题在不断解决，问题更在不断出现，一种罕见的悲观情绪笼罩着校园。

## 家长开放日

那段时间，棠湖中学的老师们最爱说的一句话：出现几个"跳蚤"，我们就用几只手去按它。"跳蚤"即问题。可见问题之多。家长的担心与怀疑，是其中一个至关重要的问题。

"家校协作协会"是级部管理的另一个团队。

回想起来，棠湖中学校长刘凯确实有先见之明。最初，老师们"约谈"他时，他特别问到家长的意见。即使老师们很确定地回答，家长和学生都没有问题时，他也并非全信。刘凯的担心很快应验。选课走班以来，来自家长的担心和质疑之声不断。有的家长甚至明确站出来，表示抵制和抗议。

有一位家长，写好了帖子，在网上到处发，又去到双流区教育局，说"棠湖中学把孩子当成小白鼠"，要求政府出面干涉。

情况汇报到朱元根那里，朱元根很冷静：第一，让他来找我。他有好懂教育，请他来跟我面对面讨论一下。第二，你的娃儿如果不适应这种教育，可以转走。

末了却对身边的老师说，我们不可能让家长的意见左右我们的选择。

是给老师们打气。谁也不能松掉这口气。改革就是探路。无人走过的路，靠的是智慧，更靠的是胆略。

靠的也就是这口不能认输的"气"。

"气"是什么？在中国的文化中，气是气节，是气量，是气度，更是气魄。而在面对一件具体的事物时，气即是有与无之区别，是存在还是消亡，前进还是后退。

家长并没有去找朱元根，也没把孩子转走。三年之后，孩子的发展很健康，顺利考上了大学。

但家长们的态度，始终是选课走班改革中一股重要的力量。不能让这股力量成为阻力，唯一的办法，是让家长参与进来，了解选课走班的全过程。"家校协作协会"应运而生。

作为"家校协作协会"的负责人，李建军用他特有的语言风格讲起那番过程。

那个时候的我，说年轻不年轻，说老也不老，学校这么大的举动，我还是想干点事情，我就挑了"家校协作协会"，主动要求负责。

李建军当时既是班主任又是物理老师，他之所以主动承担"家校协作协会"工作，是因为感同身受，他已经明确意识到，家长们的态度已经形成强大的阻力。

但他获得家校协作协会负责人资格，却是经过了一番考核的。考核人就是朱元根。

他去找朱元根，要求负责"家校协作协会"。朱元根只是看着他，不说话。

他可能觉得我一个嫩小伙，而这一块的工作，挑战性非常大，他可能担心我能不能做得了。事后李建军解释。

但李建军却是有备而来。去见朱元根之前，他已经查阅了大量资料。不光了解家校工作，也全面了解了选课走班的一些实施学校的情况，以及在行政班制度下一些成功的家校经验。

但他说出的话轻描淡写：我也学习了一下。

朱元根看着他，满眼的怀疑：你，想清楚没有？

此话有多重意思。既是试探他的"学习"，也是在意他的态度。

他只好向朱元根和盘托出自己早已形成的思路。

查阅了哪些资料，有哪些考虑，打算从哪些方面去做，这样做的目的是什么……一番汇报之后，尽管不尽周全，但朱元根觉得，这个娃儿还是个用心做事的人。

成为家校协作协会负责人后，李建军将工作分为几大板块。第一板块，家长开放日。

家长开放日即邀请家长来到学校，进入课堂，与孩子们一起走班，经历走班的全过程，以亲身经历的方式，达到让家长放心的目的。

家长开放日原则上每月举行一次，每次时间一天。由家长自愿报名。家长开放日那天，家长们来到学校，领取一张与自家孩子相同的课表，从早上的第一节课开始，跟着孩子去上课。

上课时，家长们坐在教室后排。下课后，跟着孩子去走班。整个上午的课上完之后，中午，家长们则陪着孩子到食堂吃饭。饭后参观学生寝室。下午一点半，再集中起来，与老师们面对面交流。

交流的内容很丰富。听取家长的意见，学校领导出面解难答疑，开办"家长课堂"，由家长上台现身说法，邀请专家到校举办与家校联谊有关的各类专题讲座。

让家长们近距离了解，而不是凭感觉。家长们第一个担心，课堂会不会乱？眼见为实，让家长们自己去看看乱不乱。这是朱元根对举办家长开放日的理解。

然而，一个问题正在解决，另一个问题又冒出来。选课走班之后，有些孩子的成绩确实有所下降。这原本是学生学习过程中的正常现象，未必与选课走班有关。但家长找原因时，认定是选课走班带来的问题。

为此，年级又成立了专门的薄弱学科帮扶团队，抽调年级上公认最好的教师担任指导老师。只要学生提出申请并做出认真学习的承诺，就可进入帮扶班，周末时，免费补课。

学生成绩的提升需要一个过程。但通过专门的帮扶辅导，让家长们看到了学校的诚心和负责任的态度，也让家长们了解了选课走班的真实状况。家长们对选课走班的认同度明显提高。

家长开放日刚办起来时，要求参加的家长非常多。为了不影响正常的教学工作，只能采取限额的方式，每次不超过50人。但后来参加开放日的家长渐渐少了。家长们放心了，不来了。

家校工作的另一个板块是户外亲子活动。

户外亲子活动采取不定期方式举行。每学期至少一次。活动举办时，学校要求，至少有一位家长与孩子一起参加。不能只有孩子参加，也不能只有家长参加。户外亲子活动时，或爬山，或野炊，或做田野调查，或做拓展训练……让家长和孩子在活动中培养感情，增强家庭亲和力，同时也增进学校、学生、家长三方互动。鼓励家长跟着孩子们一起学习，一起成长。让更多的家长，真正参与到对孩子的教育中来。

家校协作工作取得的效果，可以用"惊艳"一词加以概括。尤其是参加了家长开放日的家长们，感慨万千，纷纷留言。

高2015级吴雯的妈妈参加家长开放日后，写下了长达

1500字的文章表达感受，在此我们摘录一段：

6月14日，我参加了棠湖中学"家长开放日"活动。我跟着孩子去听课，又参加了学校组织的会议，三点感触：一是为棠湖中学领导和老师们点赞。朱元根主任说，分层走班后，管理和教学的工作量是原来的5倍、10倍，但学校领导还是为了孩子们的未来，坚持必须跨出这一步，全年级走班。这种明知山有虎、偏向虎山行的胆识和魄力真是令人钦佩。二是打消了自己对选课走班的担心。原来，我们家长都担心学校管理跟不上，教学混乱。担心孩子不适应，一头雾水。现在看到井然有序的教学秩序，才知道这些担心都是多余的。学校为选课走班做出了很多努力，一定会卓有成效的。三是孩子更懂得关心父母了。以前总是我帮孩子做事，担心她做不好。选课走班的这几个月，我觉得她的变化挺大的。这次去参加开放日活动，孩子特别高兴，中午放学走出教室一路拉着我的手，给我介绍学校，吃饭、午休的时候照顾我，生怕我感到茫然无措。跟以前比较，她独立生活的能力更强了，也更懂得关心照顾人了。这种成长集中在这学期体现出来，我想除了跟她的年龄增长有关系外，主要原因还是选课走班让她不断适应新环境、不断调整定位，独立思考和规划能力提高了。

总之，参加了这次开放日活动，我对孩子在棠湖中学的学习和成长很有信心。还没有参加过开放日活动的家长们，建议百忙中一定抽空去参加一次，一定不虚此行。

学生李璞的妈妈用的是诗一般的语言表达自己的感受。

今天参加了儿子学校举办的家长开放日。进教室，感受老师的精彩讲解；观课堂，明了孩子的听课习惯；入食堂，体验学生的秩序就餐；聚阶梯教室，共议教育策略。一天活动满满，感动满满！老师们的敬业和教育情怀让我备感敬重，也很温暖，因为在物欲横流的当今仍有一批心澈如水的人儿！

学生郑爽的妈妈称自己获得了一个满意的答复。

今天娃娃学校举行了一次家长开放日活动！收获颇丰富！陪娃娃一起学习、一起吃饭！然后跟敬爱的老师们交流娃娃的学习情况。我是一名很荣幸的家长，全年级就50人的名额！谢谢校长和老师们给家长们解决了长久以来的难题！给了家长们一个满意的答复！感谢尊敬的老师们辛勤的付出！

学生杨怡的家长一一点评了授课老师。

这次家长会，让我感受到各科任老师的教学风采。真的很棒。杨怡的语文课刘老师，数学课王老师，历史课邱老师，这三位老师的教学很好！期待下次能听到其他老师的讲课。物理李老师在会上幽默风趣的讲话，更是拉近了家长与老师的距离。

学生苏逸的爸爸则对学校的治学态度深表认同。

我的感受有以下几点：一是孩子们养成了较好的行为习惯，课间走班秩序井然，有活力有氛围；午餐时间自觉排队不吵闹。二是形成了较好的你追我赶的学习氛围，很多孩子中午在寝室都有看书或做作业的。三是老师们讲课很风趣，不时的幽默赶走瞌睡提高注意力。四是老师们责任感强，尤其好的是不断总结教育得失，从李老师总结教育的几点误区就能感觉到！所以，今天的活动收获满满，不枉我跑那么远！

也有"吐槽"的家长，"吐槽"的重点都在食堂，且都是妈妈。

刘沁的妈妈在家长群给李建军老师留言：我有一个意见，食堂可不可以把每个窗口卖的菜名写出来让学生一下就可以看到，这样学生就可以买到自己喜欢吃的菜。还有食堂每天可以留一个窗口，晚一点收，这样学生晚点的也可以买到饭吃。

17班吴伟的妈妈则留言说：伙食还可以再改善一些，贵点都可以，只要娃娃能吃好。

看来在妈妈们的眼里，孩子的吃饭问题，永远是不能含糊的头等大事。

## 一个也不能动

年级组长夏迎春的作息时间，老师们都知道。早上6点半到6点40分之间到达校门口，晚上11点左右离开学校，每周查两次寝室，查寝室当天，晚回半个小时。

夏迎春从2009年担任年级组长以来，一直延续着这样的作息时间。因此年级上，无论老师还是学生，心里都装有一张他的作息时间表。自然，要找到他，是轻而易举的事。

他也因此聊以自慰。觉得自己活得既透明又充实。他是浑身上下充满活力的人。问他这么辛苦，为什么还有这么好的身体？他答，一个年级，五层教学楼，我一天不知道要跑多少趟。

选课走班之后，他的这种饱满与自信被打乱了。

好长一段时间，他害怕进办公室，害怕学生找他。他用了一个极度夸张的词形容自己的感觉：生不如死。

不难想象。如果选课走班是冒险，他就在风口浪尖；如果选课走班是打仗，他是冲在最前头的人。他也有自己的表达方式：只要设计出来，定了要做，我就强悍地执行，随便哪个家长哪个老师，统统不认。

然而，纵有干劲，纵有一腔赤诚，仍不行。另有一些他完全无法把握的事物，深深地困扰着他，让他痛苦不堪，继而得出"生不如死"的感受。

那阵子，他是为什么事情痛苦不堪呢？

原来，选课走班之初，学生分层选课之后，由学校统一分配老师。可是有的学生课选了，并不认同分配给他的老师。学生便找到夏迎春，要求换班，调课。

这原本是正常的要求。学校不是说了，选课走班，是把选择权交给学生？

　　可他达不到学生的要求。原因很简单，学校当时没有配套的条件。

　　因为没有经验，开始走班时，学校根本就没有这种软件系统管理平台。无论是学生管理还是成绩分析，都是手工操作。那些电子表格，是老师们在电脑上一个一个填上去的。好不容易才安排下来，动一个，全盘皆乱。

　　真正的"牵一发而动全身"。

　　一个也不能动。

　　但学生你没法去跟他解释。你不能说，这是学校的设备条件不够。学生怎么可能理解。但事实上，就是这样。我们准备不足。我们也知道，走起来后，更多的事，要慢慢完善。但走起来了，有些事情，它等不到你慢慢去摸索，去完善，直接就把你逼到了墙角。

　　那些天里，每当他上完课，或者处理事务回来，一进办公室，就有蜂群般的学生等在那里了。

　　每天七八个，你一到办公室就围上来。每天如此。一直持续了大半学期。我不能跟他们说原因，我只能说别的理由，比如说，选课走班的好处，未来的前景，等等。我还不能跟他们一起说，我得分别约时间，让他们单独来。一起说的话，你说一句，张三不开腔，李四肯定要张嘴。我说张三，你什么时候来找我，我给你想办法。但实际上，我没有任何办法。不能调，一个也不能动。我这是缓兵之计。但实际上，我又很清楚，我是应该给他们调的，尊重学生的选择权，是我们的初衷。可是我们当时做不到这一点。

学生也很固执，天天来找夏迎春，软磨硬缠，想打动他。有的给他写申请，有的当面夸他，所有方法都用尽了。有一个学生，干脆写了一篇半文半白的文章，《与夏书》：

古曰：有事钟无艳，无事夏迎春。

今则不然，我是有求于夏老师。开门见山：我想夏老师允许我调班。

我虽不是千里马，但我也会努力斥动我的双蹄，在龙老师给我的草原上奔跑，吼出属于我的咆哮。

我也知道，每个老师都很优秀。有的是浓茶，飘香四溢；有的是清泉，内敛于心。但若喝不到自己喜欢的那一杯，再好的东西，无异于冬天饮雪水。

夏天都能迎到春天，那我的冬天能否熬到春天呢？

万事俱备，只求夏老师赠我一场春风！

夏迎春承受着来自学生的这些"攻势"，他就像一个人扛着一座大山。战友们都在旁边，可是帮不了他。有的学生见找他不行，果真去找别的老师，去找朱元根甚至刘凯。夏迎春赶紧去跟他们说，你们不能答应，我来处理。怎么处理？就是跟他们磨，拖时间。拖到什么时候？不知道，拖到学校有了系统，可以调班的时候。那是一种死扛，明知道有希望，却见不到亮光在哪儿。

夏迎春说，之前他也跟同事们一起出去考察过，但考察时，对方展示给你的，多是成绩。至于管理系统这块，夏迎春说，他们也曾提出来，想看看对方是怎么做的。但别人坚决不干，那是人家的知识产权，也是他们自己摸索出来的结果。

由此夏迎春感慨，原来的行政班制，是工业化时代的产物，现在是信息化时代了，教育不变不行了，但教育要变，就离不开高科技。因此，我们的变革，看上去是教育变革，实际上它与整个社会的发展息息相关。没有高科技信息化，选课走班可以说是寸步难行。

直到选课走班后的第二学期，棠湖中学才有了自己的管理系统，与专业的公司合作，按照棠湖中学的要求和构想专门开发而成。至此，"难于上青天"的选课调班事务才得以解决。

当时要找个学生，没有一个人找得到。夏迎春讲到一个故事：有一天上早自习时，一位家长打电话说有事要找一位学生，我们查到这位学生在一位语文老师的班上，就让人去找，语文老师说不在他班上，应该在a班，去了a班，也没有，再到b班去，也没有。

现在是手机上一点，学生在哪个位置，正在上啥课，一目了然。

也是在一学期内，选课走班的级部管理机构也都健全到位。像最初的"课堂管理部"一样，出现问题，随即成立一个相应的团队，专门解决。到了后期，不等问题出现，而是大家主动出击，收集了大量的问题，再把问题归类，分成九大板块。最终形成棠湖中学著名的选课走班管理模式——二三四级部管理机构。具体如下：

两会（学生自主管理委员会、家校协作协会）、三个中心（学生发展中心、生涯教育指导中心、学困生帮扶中心）、四部（课堂教学巡查部、课程教学实施研究部、导师全员教育部、级部协作统筹部）。然而，大量的问题尽管得到了解决，但整体的困境依然在，依然深深地困扰着大家。换言之，能解决的，都是一些局部的、显性的、能很快找到办法的问题。另一些全局的、隐性的、更核心的问题，却迟迟找不到出路。

老师们的心里清楚，那是传统的行政班制与现有的走班制教学之间产生的冲突。

选课走班的第一学期，在班级管理上，仍然保留着原有的行政班制。学生白天在各教室间走班，到了晚上，晚自习时，再回到行政班上。班主任还是原来的班主任。然而，班主任的感觉全变了。

以前的行政班，班主任就是一个班级的最高指挥官，所有的信息都汇聚到那里。走班之后，学生白天在流动，班主任与学生相处的时间明显减少，由此产生恐慌，感觉对学生的情况缺乏了解，心中无数。加之因为维持着原有的行政班，一个班上，既有文科生又有理科生，班主任管理的针对性明显削弱。另有一种情况，因为选课，班主任班上的学生，很可能不是他任课的学生，一个全新的名词就此出现："空头班主任"。

这一切，让大多数班主任始料不及。在他们看来，选课走班之后，原有的行政班制度已经名存实亡。

这是一种被摔出了轨道的慌乱与惶恐。原有的轨道断了，现有的轨道尚未出现。车还在走，因为惯性。颠簸和失重在所难免。

老师们叫喊道：有时候发个本子这种最普通的事也很难做到，更不要说像以前那样有效地管理学生了。

年轻的化学教师罗晗说到她个人在教学和成长中遇到的困惑。

选课走班之后，晚自习还是要回到原来的行政班上，但老师管不到学生也没法答疑，老师要想去找个学生来过下关，交流一下也很困难。而且对我们年轻老师来说，选课走班的背景下，我们几乎听不到课了。

罗晗是2015年大学毕业到棠湖中学任教的。任教时，就遇上选课走班。但走班制是从高一第二学期开始的，第一学期，我几乎一个星期至少要听20节课，全年级各个老师的课我都要听。但选课走班之后听不到了。过去的行政班制，全年级所有化学老师的课表是不一样的，在不同的时间段上课。只要我没课的时候，我就搬个小板凳，去各个老师那里听课。但选课走班之后，所有化学老师的课全部安在一个时间段。比如早上一二节课，都是化学课，等我把我的课上完之后，其他老师也上完了。我根本听不到课了。

晚自习又是行政班模式。那个时候一个行政班，有文科生有理科生，我一个化学老师坐在教室里，只能管管纪律，我没有办法答疑解惑。老师们的感觉是，有力气，使不出来，不晓得往哪儿使。

所以，接下来怎么办，大家的心里都没数。

庆幸的是，期末到了，参加成都市统考，棠湖中学首届选课走班的高一年级成绩不但没有下滑，还略有上升。教师们的心里多少有了些安慰。只是，分析成绩时，因系统受限，也因新的评价体系尚未建立，成绩只能统计到年级，无法到班，更到不了个人。换言之，老师们忙碌了一个学期，成绩如何，效果如何，还是本糊涂账。在成绩分析的大会上，学导处主任朱元根没法分析成绩，只能给大家打气：尽管成绩出来，没有评价，但大家要相信学校，一定会有足够的智慧，对成绩进行评价。到时候，我们"秋后算账"。

也是在那次高一年级成绩分析大会上，朱元根少有的温和与温存。他说，从期末考试看，我们的成绩并不差，还是正常状态，有些地方，甚至比以前还好。以前分析成绩时，我们都是在找问题，但现在我们要找亮点，要用放大镜找亮点……

事后朱元根感慨：在任何一场探索与改革的过程中，一定要不断寻找成绩和亮点，才能支撑我们走下去。等到改革成熟之后，则相反，则要更多地找问题，才能让我们进一步提升。

　　这是哲学层面的思考，是从艰难的过程而来。当时的点点滴滴亮点，都是为了寻找证据，支撑棠湖中学的改革者们咬紧牙关，走下去。

# 第五章　班主任与导师制

## 溶洞会议

行政班消失在一瞬间。

那个暑假，学校名义上放假了，许多老师却仍然在上班。尤其是高2015级的老师们，几乎都在开会、讨论。

讨论的核心，依然是围绕"选课走班"下的班级管理问题。

那阵子，老师们见了面，笑容里带着苦味。开会前，聊天的内容几乎一致，以玩笑的方式倾倒苦水。

我只有在全校集会时，才能看到我们班全部的学生。一位老师说。

另一位老师，扳起指头算自己的学生：你班上有多少个学生上你的课？我的班上，四十多个人，只有3个人上我的课。

再一位老师插进话来：我还不是一样，我的班上，十几个学生不上我的课。他们不上我的课我怎么管？我连人也看不到，连他的情况也不了解，你让我怎么管？

更惶惑的感受老师们没说，难以启齿：选课走班之下，班主任原有的掌控学生的权威感没有了，老师们感觉在学生眼里，越来越无足轻重。

旧的轨道断裂，新的秩序尚未建立，时间和空间都呈现出一种真空状态。老师们感觉眩晕，彷徨。

老师们感觉从工作到内心，都无所依托，无所适从。

彷徨之余，就是怀疑。大多数老师几乎同时有种感觉：选课走班这个事没法搞下去了，还是趁早退回去好。可是退回去，怎么退？学校能同意吗？别的不说，就是老师们自己，也过不了内心的那道坎。

但老师们的心里，也有隐隐的期盼。不是说，有好多学校，也是一个月不到就退回去了？

正是在这个节骨眼上，高一年级副主任奉红接到朋友的邀请，带着管理团队去了圣灵山"游玩"。

回到2016年7月6日，回到那个潮湿的溶洞里，那些昏暗的灯光下。

会议不经意间就开始了。讨论还在继续。说是讨论，内容一点也不新鲜，同样的话已说过无数遍了。都是叫苦。都是喊难。老师见不到学生，管理没法实现，班上的"空头"太多，家长问情况，对学生一无所知……讨论变成了诉苦大会，吐槽大会。

朱元根坐在石桌的一端，正上方。昏暗的灯光下，他的脸看不真切。他也看不清老师们的脸，就收了目光，用耳朵听。他把头微微扬起，去看洞顶的那些岩石。乳白色的，间或有一些亮晶晶的固体，既像冰又像水滴。溶洞是一个奇怪的地方，许多人指着一块石头说，像这像那，你跟着去看，一点不像。但你盯着一个地方看久了，又会看出它的奇妙来，想啥是啥。但朱元根什么也没想，什么也没看。他的耳朵听着众人的话，内心却顺着一条幽深的隧道往前走。他的内心里也有一条路，像这片溶洞一般曲折、模糊。但他深信往前走，一定有一个出口，等在那里。

路永远都有，就看你敢不敢往前蹚。

没有结果。再这样吐槽下去也不是办法。见大家讨论得差不多了，情绪经过发泄，也得到了舒缓。他收回目光，看着大家：

那大家说，是不是要退回去？

他是拿定了主意的，所以，想听大家的意见。

听他这么说，没有一个人接话。

事后蔡敏回忆，当时听朱主任这么说，她的第一反应，肯定是退回去好。退回去，一切回到原点，老师们肯定要轻松一些，也不会出现这么混乱的局面。

但她说出来的话却是，不能退。

真到了要退回去的时候，我们几个备课组长，特别是像我这种，对棠湖中学怀有特殊感情的人，我想如果退回去，负面的影响肯定很大。所以，当时我就想，不能退，再怎么艰难，也要走下去。

蔡敏的态度代表了在场所有人的态度。往前走，他们觉得艰难；退回去，他们更缺乏勇气。

一阵深深的沉默之后，一个声音，又一个声音，语调不高，语气也不坚定，但说出的话是一致的：不能退。

不能退？好，不退。朱元根又抛出了第二个问题，那么，往下，怎么走？

这下子大家就有话说了。有的说取消行政班，建立导师制，有的说不能取消。主张取消的人陈述道理，主张不取消的极力反驳。

导师制是北京、上海那些先期进行选课走班的学校采用的班级建制方法。所谓导师制，简言之，就是削弱原有行政班制度下班主任的权威和功能，从管理和束缚向引领和指导方向转化。既然是引领指导为主，班级需要缩小，导师名下的学生一般在20人以内。而现在棠湖中学每个班，有50余人。

导师制理念，理解起来不难，真要实施，又是一次打破了重来，又是一场全新的尝试。

又是一次从零开始的探索与冒险。

而棠湖中学首届选课走班这支团队，他们在无路之路上走得太久，他们确实累了。即使是刚出大学校门的罗晗，也忍不住抱怨：那一整个学期，天天开会，整个假期也在开会……

蔡敏却说到一个细节：那时候我们很爱开会，天天开。当时我的娃儿在读幼儿园，我印象特别深，有一次，晚上家里没人带娃儿，我就把娃儿带到学校，带着娃儿开会开到晚上十一点半。我们本来是10点放学，经常开会都要开到很晚很晚……

不取消是最简便的方法。

不取消行政班，尽管出现了空头班主任，但管理还是可以进行。取消的话，又是去做从没有做过的事，大家心里实在没有把握。这是大多数老师当时的意见。

一堆麻烦还没有解决，又去惹一堆新的麻烦出来？这是大多数老师当时的担心。

然而，仿佛有某种诱惑，老师们又忍不住，讨论起撤销行政班后，如果要建立导师制，如何建立。

谁也说不清如何建立。网上有些资料，也是只言片语，七零八落。讨论没法深入，话题又回到原点，行政班，是撤还是不撤？

意见越来越接近一致。保留传统的行政班制。班主任是一个班级的灵魂，有班主任管理的班，效果肯定要好得多。也有人表示担忧，既然选课走班要走下去，行政班与走班教学制终归相互冲突，撤销行政班，建立导师制，恐怕是无法回避的选择。

得不出结论，大家又一阵沉默。最终，朱元根发话了：

干脆，大家投票表决。

投票就是举手。这是最简单的投票方式，也是中国人最常见的民主。票随身带着，因为好用，千百年来，沿用至今。

然而，表决之前，沉默再次出现。

并没有人举起手来。也没有人发话，让大家举手。

大家你看看我，我看看你。昏暗的灯光之下，只看着一串白眼珠，一闪，又一闪。

众多的沉默，汇在一起，竟构成了一种石壁般的冷峻与寂静。

有滴水声在远处，滴答，滴答，滴答……

最终，还是朱元根说话了：那大家，举手吧，举手表决。

表决的结果，出乎所有人的意料。

事后罗晗用这样的语气向我转述：

很神奇的事情发生了。本来之前我们讨论的是行政班撤还是不撤，大家的意见不一致。但多数人都说，还是不撤好。朱主任就说，干脆，我们投票表决，一表决，竟然所有人都支持把行政班撤了。

朱元根则说，当时讨论得很激烈，两种态度互不让步。我不能左右大家的想法，只能讲原则，听大家的意见。当着我的面，大家都说原来的行政班这样好那样好，没想到，投票的时候，全票通过，赞成打破行政班，取消班主任，实行导师制。

蔡敏则说，当时我们年级上管理团队负责人都在，我们调侃说我们是"选课走班先锋队"，不可能退回去，只能进不能退。往前走，遇到问题解决问题。何况那么多的问题我们都解决了。

这确实是一支"选课走班先锋队"。难怪刘凯说，选课走班，是老师们逼着他走的。朱元根则说，这支骨干教师队伍，是可以打硬仗的。

他们是：年级组主任夏迎春、年级组副主任奉红、学生处副主任周怀友、英语备课组长秦倩、课堂管理部负责人贾斌、学困生辅导负责人张羽、家校协作中心负责人李建军、学生自主管理负责人罗晗、导师管理负责人兼政治备课组长蔡敏、学生发展指导负责人张怀建、地理备课组长杨海波等。

在溶洞里举手表决之后，朱元根当场就说，好，那我们下学期就干，撤掉行政班，设立导师班，实行全员导师制。

只是，很多的细节，需要落实。比如说，怎么撤，撤了之后怎么办？全员导师制怎么设计，导师制需要的教室够不够？

第二天，朱元根离开圣灵山返回学校。"选课走班先锋队"继续留在圣灵山，讨论往下深入的事。通过计算，他们发现，棠湖中学高一年级有35个教室，如果把这35个教室完全用起来，平均每个教室只有30多个学生。把这30多个学生分成两个导师班，每一个导师带十几个学生，刚好符合导师制的教学理念。

于是导师制的初步构想基本形成。设立甲乙两个导师，共用一个教室。两个导师分工合作，一个负责行为习惯、思想引领等工作，另一个负责教室的清洁卫生和日常事务。

刘凯是后来被老师们请到圣灵山去的。在他的印象中，圣灵山上的溶洞会议，已经是一副特殊的模样，已经带上了一种传奇色彩：

他们当时还签了协议，有点"生死合同"的味道。这在棠湖中学是个划时代事件，他们说坚决要干下去，取消班主任，实行导师制。

## 教师的双重身份

文案是由政治备课组长蔡敏起草的，称为"双导师制"。由两部分组成：《导师管理方案》和《导师工作手册》，即从导师的角度出发，应该做好哪些事情。

但最终"双导师制"实施的时间并不长，仅仅持续了一个学期。在蔡敏看来，是因为经费问题：第一可能是经费增加，一个班两个导师，学校的支出就会增加很多，因为两个老师都要发班主任津贴，而导师做的事情比班主任做的事情还要多，你不可能把班主任经费拆成两半，一人一半是不行的。

罗晗则认为，是管理和协调的问题。罗晗当时尽管年轻，刚出大学校门，意外地，她被指定为甲导师：双导师是因为学校的教室有限，两个导师共用一间教室，晚自习时两个导师在同一个班上课，随之而来就产生了常规管理、思想教育以及教育理念的统一等一系列问题。

数学备课组长贾斌也有同样的感受。在贾斌看来，当班主任是很轻松的事：我对学生讲，总之一条，按章办事。该倾注情感的时候我倾注到位，所以娃儿们一般还是比较专心。实行双导师制后，就有了很多波折，就出现了一种都不管的现象。

贾斌不老，很年轻很帅气，但他说自己是"老班主任"：很多事情本来都是我在做，我也没把它看得很重，但两个导师管30多个娃娃，这里面就有很多问题，比如说卫生没整好，究竟是谁的责任？所以我感觉管理还是要有一个主线、一个主角在里头。

在化学老师冷丹看来，双导师制的搁浅原因更为复杂。

冷丹当时跟另一位老师共同管理一个教室，她不称它为"班"，称它为"教室"，又称它为"临时班级"。一个"临时班级"里，有两位导师。但制度设置时，也指定了甲导师和乙导师。冷丹是甲导师，因为她一直在当班主任，而另一位老师从没当过班主任。两个导师名下，各有十几个学生，学生的层次又不一样，在冷丹看来，双方的融合很成问题：

好成绩觉得，为啥要跟他们融合，成绩差一些的又觉得，他们会不会瞧不起我们？

后来又发生了几件事。双导师中的一名导师，周末时，把学生请出去吃饭，没给另一名导师说，引发矛盾。另一个班上，学生病了，而甲导师有事请假，让乙导师去了医院。乙导师倒也尽责，自始至终处理完各种事务，事后却有了情绪。搞得同一个班上，两个导师成天碰面，连话也不说。

因此，大多数老师认为，"双导师制"在平衡两名导师的关系上，确实存在难度。

一个学期之后，棠湖中学根据双导师制实施以来出现的各种情况，再次探索更加合理的导师制。最终决定，设立行政班导师，同时配备学业导师。仍然是全员导师制，只是为区别起见，称为"单导师制"。

行政班导师，顾名思义，职责与原来的班主任类似，主要精力用于管理常规班务、思想教育工作等。但与传统意义上的班主任在理念和实际工作内容上大有不同。原班主任监督、管理学生的功能在弱化。行政班导师更多承担的是陪伴、引领、沟通、倾听等责任，要做的是生活导师、学业导师、人生导师、精神导师。每天的晚自习，学生照例回到导师班，是导师和学生相处的法定时间。

学业导师，则主要负责学生的学业指导、生涯规划等。

这一制度得到大多数老师的认同，沿用至今。

但朱元根对此持保留意见。朱元根至今认为，这是选课走班过程中的遗憾。在他看来，单导师制尽管还叫"导师"，但它实际的作用已经相当于"班主任"，而"班主任"是传统行政班制的化身，是基于控制和束缚寻找的措施和策略。真正的选课走班制，应当基于开放和自主，从管理走向引领，是文明程度更高、更先进的标志。从这点论，朱元根以为，单导师制只是称法变了，实质上是倒退，是新旧观念博弈的结果。增加了"学业导师"，一定程度上，是对这种"遗憾"的一种修改和补充。

但假如，我是说假如，假如棠湖中学的办学条件再好一些，有足够多的教室，不再是两个导师班共用一间教室，平衡关系之类的矛盾，是不是可以避免？避免之后，又会不会有后来的行政班导师制，即"单导师制"？

行政班导师制，从名称看，就是一种妥协的结果。

"单导师制"下的绝大多数教师，都是双重身份，既是行政班导师又是学业导师。以数学老师贾斌为例，他是高二A+班的行政班导师，全班24个学生。他同时又是15个学生的学业导师。作为行政班导师，他需要做好由24个学生组成的行政班的管理工作。作为学业导师，他需要负责15个学生的学业指导及生涯规划等工作。

贾斌说，我作为这15个娃儿的学业导师，要时刻关注他们。他们每考完一次试，或者心情不好的时候，我都会去找他交流，把他的不愉快的情绪尽快剥离掉，或者指出他们身上的一些缺点。我就做这样一个角色，促进他更加积极努力地去学习。

化学老师冷丹则讲得形象又具体。行政班导师毕竟要负责学生的安全教育等很多常规的工作。比如说，一个班几十个娃儿，一个人的能力是有限的，而且现在到班的时间也不多，无法随时了解娃娃的情况。还有谈心。学校要求每次考完试后，每个老师要跟每个学生谈一次话，此外，还要上课备课，很多的工作还要照常做，工作量非常大。有了学业导师的加入和督促，学业导师名下的学生都是自己教的学生，平时基本上每天都能看到，在学习方法上给予一些指导，思想上进行一些交流，实际上是多了一个维度关注学生，不像以前只是班主任管，任课老师只管上课，上完课就走。

换句话说，在棠湖中学"单导师制"与"学业导师"互为补充的管理构架下，每一个人都是导师，每一个老师都相当于一个小小的班主任。学校的早晚自习、常规工作，与行政班导师挂钩，白自习则与学业导师挂钩。再加上任课老师和年级管理，学生可在多维度中学习成长。

生涯规划工作也是由学业导师负责。学业导师了解学生的学习情况，通过与学生交流，也了解他的兴趣爱好，自然就延伸到对学生未来的职业引导及生涯规划层面。

学生高中三年，终点在高考。他们想考什么大学，选择什么专业？

采访中，聊到这点，年级组副组长、化学老师奉红说：我们很多孩子高中毕业，高考填志愿填学校，哪怕他考取了北大清华，他对专业的认知实际上都很模糊。我们在做职业引导和生涯规划的过程中，最强调的不是学校，而是你喜欢哪个专业，这个专业在全国高校中哪个院系最好。比如华西的口腔，全国没人能比。如果你喜欢往这方面走，你的第一院校第二院校都有些什么选择，最好的院系是哪一个。其次才是哪个学校。这里就包括他今后的职业方向，甚至今后要成为什么样的人。老师与学生分析交流，给他建立一个目标。

有了这个目标，考这个学校需要多少分，综合下来，你每个学科能考多少分，还差多少分，怎么努力缩短距离。学生自己有了规划，就知道该怎么去做。

奉红认为，高中时期的生涯规划，只是为学生确定了一个初步的目标和方向。到了大学，考研读博时，目标还会进一步深入。

奉红说，这应该是一个阶段性的高度的确立，也是一个动态的过程。但有了学业导师的加入，去关注他的学业，引导他找到自己喜欢的东西，树立目标。目标一旦树立，努力就有了动力。通过这个过程，学生就有可能实现人生价值最大化。

## 主题班会课

棠湖中学的管理分为两大体系："学导处—学科教研组—学科备课组"的教研体系和"学生处—年级组—导师教研

组"的德育体系。两大体系互有交叉、有机配合，构成了符合学校实际、凸显选课走班教学特色的校本教学体系。

行政班导师的管理与考核，由学生处负责。

采访中，学生处主任喻良刚很形象地表述了两种管理模式的差异。以前的行政班，基本上是班主任包办一切。张老师，你们班又怎么样了；李老师，我们班上的娃儿又怎么样了。在传统行政班中，班集体是班主任建立好的，任课老师只需要去上课就是。

如今的"单导师制"与"学业导师"互为补充的管理构架下，任课老师对班主任的依赖远远低于以前的行政班。任课老师需要自己管理学生，自己组建一个临时班级，再进行教学，否则他的教学班就是一盘散沙。

新形势下，教师的角色变了，观念和知识也需要更新，综合能力需要加强，棠湖中学便轮番送教师到清华大学培训，并建立起一个长期培训机制。

在行政班导师的管理上，因为弱化了原班主任的监督、管理职能，凸显了引领与陪伴职能，从学校层面，对行政班导师的管理也需要做出相应的调整和加强。

棠湖中学学生处首先从疏导入手，做好行政班导师的意识转化工作。同时建立制度，严格执行。

选课走班以后，学生白天都在走班，只有晚自习回到行政导师班上。行政班导师共同的感受是，原来的班主任处于管理的中心，如今却感觉可有可无，有种被边缘化的感觉。

喻良刚则认为，晚自习学生到班时间，正是行政班导师实施教学理念工作的抓手，最核心的部分，是落实常规管理。

学校制定了《行政班导师手册》，手册上有每个学生的情况介绍，要求行政班导师认真填写。要填好填细"手册"，就必然要关注了解学生的情况。你认真填写了，你的工作就成功了一大半。

喻良刚还特别说到主题班会课。

棠湖中学的主题班会，是德育教学中的一大特色。各年级每周星期一都有主题班会课。主题班会的"主题"成系列状，由学生处统一确定，每星期统一下发。也鼓励行政班导师结合自己班级的情况，开展各具特色的主题教育。在喻良刚看来，这是行政班导师凝聚班集体、教育学生的一个非常重要的抓手。

如果一堂主题班会课上好了，你会让学生感动一个星期。一个星期内你都不需要给他讲任何东西，学生自然会去努力，去奋斗。喻良刚说。

为此，学校督促行政班导师用心提升主题班会课质量，请优秀的行政班导师上示范课，开展主题班会赛课活动等。如今，在棠湖中学，主题班会课上得好的老师非常多。

年轻教师罗晗，就上过一堂很有意思的主题班会课。

罗晗大学毕业来到棠湖中学，就遇上了选课走班。一走班就担任行政班导师。罗晗说到她那个班的情况：当时全年级理科生有850多人，我的班上，全班36个人，成绩最好的一个，全年级排名689名。全班有16个学生背着处分。

罗晗说，成绩不好她不怕，怕的是学生的行为习惯不好。

最开始我真的觉得很痛苦。每天我要面对这些学生，每天还要面对年级管理的老师跟我说，你们班这个学生又干啥了，你们班那个学生又干啥了……太难了。

罗晗承认，刚开始她很有些抵触。后面又想，这些学生既然交到我班上来了，我总要去面对，至少让他们在我班上的这段时间，在行为习惯上有所改进。

为此她每天都精心设计一堂班会课。主题不一样，包括读书有没有用、怎么与父母相处、怎么与同学相处，等等。在某一堂班会课上，她做了一个调查，让认为读书有用的同学举手，全班36人，只有一个人举手。

经过艰难的思索，同时请教经验丰富的老师，罗晗设计了一堂主题班会课：独善其身。

上班会课之前，她动用各种资源，请同学帮忙，搜集了一些发布在各大高校的招聘启事，同时又在58同城上摘录了一些。班会课上，她把这些招聘启事一条一条贴出来，让同学们根据上面的要求，对照自己的愿望，看能够找到一份什么样的工作。

罗晗说，当时她班上的学生，尽管成绩不好，但大多数都有了自己的梦想，有的想当明星，有的想当滑板高手，有的想回老家发展养殖业……

主题班会课开始了。罗晗带着学生，一则一则对应招聘信息与学生自己的条件。

第一则，招聘银行职员。

工资待遇，月薪2万元以上。

罗晗让全班起立，然后说，不喜欢这个工作的同学可以坐下。

没有人坐下。

然后是招聘条件：

第一条，要求有较强的数学能力。

有几个同学坐下了。

第二条，要求有较高的语言表达能力。

这条似乎不好界定。没有同学坐下。

第三条，要求全日制研究生以上学历，985院校研究生学历优先。

全班同学都坐下了。

第二则，就在附近，成都市双流区教师招聘信息。

第二则比对之前，罗晗先有了开场白：我晓得，我们好多同学都看不上教师职业。但现在我们先不管这些，我们先来看看双流区招教师的条件。

第一条，教育部直属院校本科学历，免费师范生以上，以及大学期间获过各种奖项，等等。

全班同学都坐下了。

同学们七嘴八舌，原来想到我们学校来当老师，要求这么高啊？

第三则、第四则……

当天的班会课，所有的招聘信息，罗晗按月薪从高到低排列下来。最后的一则，罗晗记得很清楚，是招聘电话接线员和商场售货员。

这两条招聘对学历几乎没要求。学生这才意识到，原来他们大概只能去做电话接线员或商场售货员……学生开始有了触动。

罗晗又针对有些家庭条件比较好、成天到处炫耀说不用读书的同学，再给他们举例：联想老总柳传志的女儿，是美国名校毕业，开滴滴公司的；李嘉诚的两个儿子，也非常争气，都是世界名牌大学毕业……人家的家庭条件好，可人家更加努力。

还有些想做生意的，罗晗就跟他们讨论如何做生意：有个人从北大毕业，然后去养猪了，开始被很多人嘲笑，但人家养猪养成了亿万富翁。虽说你不读书也可以去开公司，但如果你读了书，你的公司就会发展得更好。虽然你不读书，也可以去继承家产，但如果你读了书，你就能够让你的家产保值升值。不读书你也许可以实现你的音乐梦想，但是像王力宏等好多明星，都是名校毕业。

结论显而易见，你只有认真读书，才能够更好地实现自己的梦想。

然后，罗晗回到班会的主题上：古话说，穷则独善其身，达则兼济天下。独善其身是底线，倘若独善其身都做不到，更不要说对他人负责，对社会做贡献了。所以，所有的梦想都与读书相关联。我们只有好好学习，认真对待每一天，才有可能向着目标靠近。

这节班会课到最后，很多的学生都说，读书还是有用的，但就是控制不住自己。罗晗感觉终于找到了突破口，就对学生们说，我们慢慢来，先转变认识，改变习惯，每天多一点点努力。

那个学期结束时，罗晗说，他们班的同学进步很大。因为他们实在没有退步的空间了，但凡有一点点努力，都会有明显的进步。

后来，她这个班上的娃儿，改变非常大。就在最近，还有几个学生回校看她。罗晗说时欣慰地笑了。

## 空头导师

"空头导师"也是选课走班之后出现的新情况。

"空头导师"的出现，有种种原因。选课走班之初，学生按学科、按成绩分层之后，再分配给老师。比如说，语文学科，分成A+、A、B三个层次，是B层次的，就直接刨到B层老师的名下。由于老师之间，上课时间的冲突，或者分层产生的冲突，B层次某班的老师，反而教不到他自己班上的学生，分到另一个老师那里去了。这就是"空头导师"。

大多数老师认为，"空头导师"不利于学生的学习和管理。学校层面，也在尽量避免"空头导师"出现。但在学生处主任喻良刚看来，解决"空头导师"问题的关键，还在于认识问题。

喻良刚认为，走班制下，"空头导师"现象或许不可避免，但它不是问题的核心。问题的核心是，你怎样看待你的学生。如果你把他看作是一个你没教的学生，或者就是一个累赘，你肯定把他教不好。如果你把他看成一个活生生的人，用心去塑造他培养他，即使是"空头"，也能够做好工作，你才是一个称职的"导师"。

资深政治教师、学科教研组长张雪梅也持同样的看法。张雪梅多年来担任班主任工作，有着丰富的班级管理经验。她说"空头导师"现象，应该一分为二，不应该一刀切。

她讲到她班上一个女生的故事。

女生叫李月明（化名）。选课走班之后，她选择了张雪梅作为行政班导师，但由于分层的原因，她没有选到张雪梅作为她的政治课老师，成为张雪梅班上的"空头学生"，张雪梅则是李月明的"空头导师"。

有一次，全班的成绩整体有些下滑，班上请来川大的老师给同学们做心理辅导。

辅导课上，川大老师要学生写下10件重要的事，再一件件划掉，只留下最后一件最留恋的事。这样的心理测试方法是否妥当，我们暂且不论。川大心理老师的目的，是想引导学生明白什么是人生中最重要的。

心理测试时，其他同学都在按心理辅导老师的要求做，可是李月明不写。不光不写，情绪还十分反常。心理辅导课上完之后，张雪梅找到她，问，为什么其他同学都在写，你不写呢？女孩尚未开口，先大哭起来。

张雪梅让她哭，把她带到办公室。到了办公室，女孩干脆蹲在地上，放声痛哭。

后来女孩说出了原委。女孩的爸爸妈妈很爱她。爸爸是学建筑设计的，很优秀。但爸爸的内心也有遗憾，就把自己一生中没有达成的所有目标，都寄托到了女儿身上，对女儿的要求格外严格。女儿因为考试成绩不如意，或者因为心情不好，只要一哭，爸爸就说，哭是逃避，是找理由找借口。女儿从来不敢在家里哭。

更不敢像今天这样放声痛哭。

听了女孩的叙述，张雪梅表面平静，心绪却起伏不已。她拍着女孩的肩臂说，哭吧，哭吧，那就好好哭一场吧。

又问女孩，要我跟妈妈说一下吗？

女孩说，要。

女孩的妈妈来了。一来就说他们是如何爱孩子，如何要求严格。又说女孩的爸爸经常出差，女孩是跟着妈妈长大的。见到爸爸，总有些畏惧。张雪梅等着妈妈说完，先说了一个细节：女孩总喜欢用头发把眼睛和脸遮起来，您觉得是为什么呢？

当妈妈的，居然没注意到这个细节，就算看见了也没当回事。女孩的妈妈是学法律的，也很优秀。不能否认女孩的父母对女孩的爱。但这种爱，在一些抽象的概念和现实的挤压面前，已经远离了爱的本质。

爱的本质是什么？是心灵相通，是让她快乐，给她信心，是无尽的付出而不讲回报。

张老师对妈妈说，让她转告女孩的爸爸，对孩子，你们可能过于严厉了，孩子就显得不那么自信。她用头发遮住脸和眼睛，就是不自信的表现，也表明在她的内心，有她不愿意面对的事情。

妈妈却说，女孩很喜欢张雪梅老师。选课之前，女孩就说，她一定要去张老师班上。

张雪梅记得很清楚，当时分层选课，张雪梅教的政治学科A层次，可李月明的政治科没有达到A层，无法选择张老师作为任课老师。但她固执地要去张老师所在的行政班，因此成为"空头学生"。

后来的一次联考，李月明的数学和英语原本是优势学科，但发挥失常，成绩很不理想。女孩又开始诚惶诚恐。张雪梅提前跟女孩的妈妈做了沟通，又对女孩说，这一次联考，你妈妈说了，他们不会责备你。

但女孩不信。女孩说，每一次成绩出来，没考好，回家去爸爸骂她，妈妈就跟爸爸吵，住在一起的奶奶也跟着生气，弄得一家人不得安宁。

　　张雪梅只好把她跟妈妈沟通的信息翻给女孩看。后来再问女孩，她果真没有受责骂。

　　五一假期，张雪梅从学生的QQ空间里看到了女孩的照片。照片上的李月明，头发夹起来了，在阳光下，露出了一整张笑脸。

　　张雪梅说，这是她第一次看到女孩跟同学们出去玩。

　　张雪梅又说，这是女孩信任她的结果。师生之间的信任，是教育的前提，也是选课走班带来的最大优势。所谓"亲其师，信其道"。既然有这个优势，为什么不尽最大可能好好利用，而要刻意回避呢？

　　从政有懒政一说，从教未必就没有懒教的可能。

　　张雪梅既是行政班导师，又是学业导师。在作为学业导师的工作中，她也有"空头学生"。由此她讲到她的另一个学生——朱浩文（化名）。

　　朱浩文初中在一所私立学校就读，上高中时，来到棠湖中学，来到张雪梅班上。刚来时，他对学校非常排斥，觉得条件不如私立学校好。加之父母离异，一度情绪十分低落。

　　高一上学期，有一天深夜11点多，张雪梅接到朱浩文妈妈打来的电话，是求助电话。孩子的妈妈在电话里说，朱浩文明确地告诉妈妈，他非常不快乐，感觉心里很压抑。

　　但那时候，朱浩文并没有向张老师敞开心扉。张雪梅了解情况后，不动声色。她开始暗暗关注朱浩文。不经意地，多跟他交流。交流中，站在他的角度为他分析，让他多了解棠湖中学，树立起对棠湖中学正确的认知。再从他的学习现状，给他鼓励。私下里叮嘱朱浩文周边的同学，让大家多跟他玩……从军训开始，到班会课，再到开家长会时跟家长沟通……很快，朱浩文的情绪有了好转。

就是这样的一个学生，张雪梅说，后来学校为了减少"空头学生"，硬把他调出了我的班。但朱浩文很想留下来，还让家长出面，做了很多沟通，但依然没能留下来。

张雪梅说，他真是死活不想走。他是住校生，调出去后，每一次交手机，他还是交到我这里来。只要有时间，就跑到我们班来，跟我们班同学玩。每次见到我，他都说，张老师，我的政史成绩好了，下学期我可不可以申请到你的班上来？我当然希望他来。我说，可以，努力！

这次考试下来，他跑来跟我说，他的政治考得最好。

张雪梅说，"空头"确实有弊端，如果不是"空头"，导师每天都有学生的课，跟学生见面的时间更多一些，自然有利于管理和引领。"空头导师"因为不上学生的课，对学生平时的学习状况无法第一时间了解，只能看到他每次考试后出来的成绩。但有局限并不等于不能弥补。在选课走班背景之下，行政班导师的着力点，应该从以前不在意的方向去关注学生，应该更侧重于从学生的心理健康和人生规划等方面去进行指导，产生影响，而不是直接去指导他的学习。学习上更多的事情，应该由他的学业导师负责。

张雪梅内心的话并没有说完，但我能感受到。"空头"

分两端，有"空头导师"，就有"空头学生"。"空头"又分不同类型，有被动的"空头"，还有主动的"空头"。主动的"空头"，往往意味着情况特殊，不光关系着学生的心理健康和学业进步，甚至关系着一个家庭的幸福。尊重学生的选择权，并不代表能百分之百让学生满意。取舍和调配在所难免。但也应当视情形而论。

如果是学生自愿选择"空头"，应当尽可能尊重学生的选择。

作为多年从事班级管理的资深教师，张雪梅深有感触：现在的学生，要承受很多的压力，不仅仅是学业的压力。学生对人生、对成长、对今后的职业选择等，都有他的迷茫。他们不知道自己该做什么，怎么做。尤其在现在这种内卷的情况之下，学生的心理健康问题越来越突出。一旦造成后果，往往是惊天动地的大事。

归根到底，张雪梅说，选课走班对老师的专业素养提出了更高的要求。为什么有那么多的"空头学生"？学生为什么主动愿意当"空头"？更多的时候，不能单从学生身上去找原因，老师也应该反思一下。这个问题，不能一概而论。

# 第六章　师生双选

## "突然袭击"

在棠湖中学，有两种观点同时并存：一种观点认为，棠湖中学的选课走班之所以能够实施，并坚持下去，是拥有一支勇于改革、坚韧不拔的教师队伍；另一种观点认为，这场改革，真正的问题不是学生，而是老师。两种观点既矛盾又统一，既对立又融和。甚至在同一位教师身上，也兼容着两种截然不同的态度：既是改革坚定的支持者，又是质疑和吐槽最多的人。这就是现实。任何的改革，从来都不是一帆风顺。过程的复杂与难以把握，正是改革的特质。

此时此刻，首届选课走班的高2015级已到了高二。问题层出不穷。一些问题解决了，一些问题依然存在，新的问题还在持续不断地冒出来。与此同时，另一个更加严峻的现实正在逼近。

新一届高一，2016级，又到了该选课走班的时间。

上一个年级的困惑还没有解决，下一个年级又来了。回忆起那段时间，朱元根至今还有些无奈。

当时最大的问题，依然是教学中的问题。而"空头导师"就是其一。尽管从学校层面在努力避免"空头导师"出现，尽管有些老师并不排斥，但在绝大多数老师看来，"空头导师"依然是难以接受的管理和教学阻碍。

这是从教师的层面。另一方面，选课走班以来，不断有学生提出，要调班调老师。尽管后来平台系统建起来了，学生的要求正在尽可能满足。但这是一个动态的、持续不断的过程，甚至是一个扯线团一般，越扯越多的过程。

越来越多的学生要求调课调老师。

选课走班，往下，该怎么走？

两方面的情况汇总到朱元根那里。朱元根受到了触动。他心里早有了想法，说出来的话，却是出奇洒脱：

就这么几个老师，这么一大摊子事情，怎么看得住？算了，我是管不住老师的了，但学生管得了——让学生去选老师！

这是朱元根解释"师生双选"应运而生的原因。

但在不同老师的记忆里，却有着不一样的版本。

在化学教师、2015级年级副组长奉红的记忆中，"师生双选"既突然又合情合理：当时我们把这个课程排出来，学生的层次划出来，就在那里分班分老师。后来就想到，与其分配老师，不如让学生自己来选。像京东、淘宝那样，搞

"双十一"活动，抢！我们把课程挂出来，让学生自己在网上去选老师，这样的话，可能会让学生的主动性更高一些。他自己选择的老师，他自己的满意度更高。

物理老师、学导处副主任李建军，则以幽默风趣的语言说，"师生双选"是倒逼出来的：当时的选课走班，有点像"乱点鸳鸯谱"。我还对朱主任说过，就是你们几个在寒假里轰隆隆就把学生分完了。因为"乱点鸳鸯谱"，有的老师对分给自己的学生不满意。我就是其中一个。我班上一两个学生，我就不想要他。这是人之常情嘛。谁知学生也倒过来说，你看不惯我，我还看不惯你呢。不管是我也好，还是其他老师也好，都去找朱主任，问他，为啥不能选几个学生？有学生甚至家长也去找朱主任，问他，为啥不能选某个老师？这样子，学校才开始着手"师生双选"。

地理教师、学导处副主任杨海波说：第一个学期、第二个学期都过去了，我们还是发现有些问题。因为一学期之后，很多学生要求换班。他说我们既然是选课走班，我就要选择我喜欢的老师，我在某某老师那里发现自己无法适应。类似的案例很多。最初是因为电脑管理系统的原因，不敢动。后来有了完善的电脑管理系统，我们就想从教务处管理的角度，做一些调整。后来发现，越调整越多，我们就想，是不是不该这样做？是不是应该顺应学生的意愿，让学生选择老师？所以在后面就进行师生"双选"。

"师生双选"的想法冒出来，可以说是车到山前、水到渠成。2017年1月，期末考试的最后一天，由朱元根召集，棠湖中学高一年级（2016级）年级组长雷云华、副组长谢敏，高二年级（2015级）组长夏迎春、副组长奉红等5人聚在一起，专门讨论"师生双选"的问题。

可是怎么选，怎么设定规则，选择的过程中会出现哪些新问题新情况？讨论来讨论去，谁也搞不清楚。讨论不了了之，得不出任何结论。

讨论结束，朱元根去找刘凯，向他汇报。没有结论的汇报，不过是重述一些麻烦、纠结和问题。刘凯也听不出个所以然。但他回答得很干脆：你自己去完善，完善了定了就是。

事后朱元根说，每一次，到了关键的时候，校长都是这种态度，放手让我们去做。

这之间，信任一词重千金。

2017年1月10日举行的会议，就是按刘凯说的，朱元根"定了就是"。那是一次"突然袭击"。开会的前一分钟，没有人知道要干什么。开会时，主席台冷冷清清，台下满满当当。高一、高二全体教师都到齐了，共计160余人。主席台上，学导处副主任、高一年级组长雷云华主持，朱元根主讲。

讲话的内容极其简洁。

第一，学生可以自由地选择科任和行政班导师；

第二，老师可以有限制地选择学生；

第三，学生人数少于20人的教学班将被取消；

第四，行课后学生可以在一定条件下申请换班。

内容讲完，台下没有反应。

不是不反应，是还没有回过神来。

160多位老师，满满一屋子人，坐在台下，就像冻住了一般。

大冷的天，外面冷，会议室更冷。

冷是因为意外，也是因为害怕。

没有谁想到会让学生选老师。这是自盘古开天地，就应该有的事。也是自盘古开天地，从未发生的事。

老师与学生之间，尽管也讲平等，讲沟通，但从来没人讲过，更没人做过，让学生任意选择老师。

师道尊严，无可厚非。但人们把太多的力气花在"尊"字上了。不可否认，在老师与学生这对组合关系上，老师占据着天然而绝对的优势。

转眼之间，优势倾斜，人心随之失重。

要命的是，谁也没有亲历过，谁也不敢想象，放开手，让学生去选老师时，老师们将要经受一番怎样的过程，将会面对一种怎样的结果。

那天的会议，简短的内容宣布完后，很快就结束了。老师们从会场出来，是怎样的一种情形，一种心绪，已再难描述。但每当提及这一幕，不止一个老师变了声调：学生选老师，这在全国都是独一无二的。

我便留了心思，去查阅资料。北京的一些学校，已经实施了选课走班，也选老师，但他们选老师的范围主要限定在一些选修课，而非所有的科目。上海、江浙一带的走班制，实施的多是"套餐制"，选老师的可能性更加受限。

然而，从本质上讲，"选课"即为"选师"。没有"选师"的"选课"，好比回家的孩子，发现里屋的房门被锁住了，总感觉在回避着什么隐藏着什么。没有真正把门打开，把选择权交给学生。这新一轮的改革，要害之处，就在于从"教书"向"育人"转化，就在于，要让学生做成长的主人，要让学生全面而有个性地发展。选课即选师，这是最后一道门锁。

一步跨出，瞠目结舌。

一步跨出，海阔天空。

会议之后，按照计划，那年的春节前，课程和老师的名字被公布出来，让学生和家长考虑。十天之后开始预选。预选之后，正式选择，然后排课表，进入新一轮"师生双选"后的教学秩序。

## 紧张的不光是老师

谁也没想到，首先跳出来反对的是家长。

"师生双选"的消息公布后，年级上有几百名家长在内的微信群炸开锅了。

然而，家长们的反应也情有可原。

自2016年2月首届选课走班以来，一年时间过去，家长们跟着棠湖中学的改革，一拨一拨变动，一拨一拨适应。家长们普遍的反映是：棠湖中学太爱折腾了。一次又一次，把学生当实验品。而高考的那道门槛，是家长们盯着的最终目标。高一的学生入学来，希望尽可能稳定。高二的学生，已经过去了一半，眼看就要到高三了。而高三，决定命运的考试正在逼近。

高考的指挥棒下，怎能抽象地去讲权利与自主？家长们想要的，是成绩，成绩……

短时间内，没有成绩作为保证，要家长们理解和支持，实在是难为家长了。

因此，在这样的逻辑下，即使"师生双选"是顺应学生和家长之意，是把最大的权利交与学生，也遭到了来自家长的竭力反对。

这是悖论，也是必然。

当时家长很不能理解。家长群里反对的声音不少，都是公开反对。有些家长甚至说，如果要这样子选的话，我们家长开放日那天，就来学校闹事；有的甚至还说，要把娃儿转走……各种说法都有。政治备课组长蔡敏说。

同时蔡敏也很理解：娃儿到了高二了，这一次变动，确实大，好多人听都没听说过，让学生自己选老师。作为家长，哪怕是为他好，他也不愿意去担这种风险。而且家长们还说，你们不断在变，现在娃儿要到高三了，你们又要变，而且这一次动作更大。而家长们当时都觉得，娃儿们已经习惯了，走班呀老师呀教学方法呀，都已经习惯了。

但棠湖中学，这个以改革作为立校之本，在改革中求生存求发展的学校，决不可能因为家长的意见而放缓步伐，掉转方向。

有关这一点，2015级年级组长、从建校伊始便来到棠湖中学的资深数学老师夏迎春，有着清醒的认识：我们这个学校，在外面的名声很大，但实际上有点"墙内开花墙外香"。这么多年走过来，都是在夹缝中求生存。

夏迎春举例说明：别的不说，就说人家双流中学，建校80多年了，老牌子，双流的有些家庭，一家三代都是从双流中学毕业的。而棠湖中学才多少年？到2021年9月才30年。学校的人脉和历史根本没法跟兄弟学校比。唯有创新，不创新就只有死路一条。

但另有一点，在夏迎春看来，也是学校敢于让学生选择老师的底气。

棠湖中学的老师，都是通过公开招聘选拔出来的。我们早期招的老师，都是成熟的老师，都是各地的名师。他们的底蕴还是比较深厚的，不可能换个环境就不行了。后来这几年，招聘的都是应届大学生里的佼佼者。到现在，应聘者至少要研究生学历。从这几年招聘的年轻老师来看，质量相当高。

也就是说，我们的软件，我们的绝大部分老师的能力，是过硬的，这是我们的底气。我们敢这么去做，我们有这种自信。

后来的事实也证明了这一点。当初的改革，走到这里，遇到了瓶颈。如何才能通过，如何继续往下走？把老师们亮出来，让学生选——这步大胆而冒险的棋，让老师们既意外又紧张，但很快，他们调整过来，准备迎接挑战。心底里，他们是不怕的，他们有底气。

见家长们反对的态度很激烈，那些曾经受冻僵硬在会场上的老师们，转眼又回暖了，又变成了梭子，穿梭在家长之间。

做家长工作，棠湖中学的老师们有一整套经验。

学校的级部管理部门，开始联动。方法依然是老方法，并无新意。分头出击，去跟家长谈，去加家长的微信，给家长打电话，实在不行，再转山转水，托人出面，找人沟通。采取分蛋糕的方法，蚕食政策，慢慢地，把他们"瓦解"掉。

2017年1月11日，有关"师生双选"的家长会顺利召开，会场秩序井然。会上，朱元根当场宣布，新学期开始，学生可以选老师，老师也可以选学生。

## 一个学生的选课过程

李昕仪是棠湖中学高2016级21班的学生。2019年高中毕业考上了北京师范大学。高中三年，她完整地经历了"师生双选"的全过程。

张雪梅老师是李昕仪高一时的行政班主任。高一快结束时，要分文理科了，听说要开始选课走班，还要选择老师，李昕仪和妈妈都紧张起来。

李昕仪的成绩很优秀。优等生的桂冠被她从小学戴到初中再戴到高中。这样的学生，到哪里都会受到优待。而保持优等生的优势，也是家长的第一要求。在家长看来，传统的行政班教学稳定而保险。而选课走班，尤其是要选择老师，原有的确定要变成不确定了。

选课之前，李昕仪的妈妈惶惑不已：我们不知道怎么选啊！能不能不选？

张老师笑答，不能。

2017年1月18日，学校公布了教师任课名单和学生的学业层次。10天之后，预选开始。预选时，学生可以从平台上看到他所选的任课老师与其他科目有没有冲突，如果有，再做调整。预选的另一个作用，让学生和家长熟悉整个流程。

预选之后，正式选择开始。选择结束，教学班、导师班组建完成。

李昕仪被分到了文科A+层。这是学科层次的最高层。

得知女儿分到A+层后，李昕仪的妈妈还是担心：A+的学生，也要像其他学生一样走班吗？

张雪梅说，棠湖中学的选课走班，分层是基础。像她的导师班有36个学生。教学班限额42人，其他A层的，政治科成绩达到A+的也可以进来。作为A+层的导师和任课老师，当时他们曾经建议，A+班的学生，是年级上成绩最好的学生，既然A+班是主体，那就确定一个教室，让其他的学生过来走班，A+班的学生就在固定的教室，保持不动，也就是说，不走班。家长们也都有这个期望。孩子和家长的根本意愿都是希望稳定。

但棠湖中学最终明确表态：所有的学生，必须走班。不能有例外，也不能享有特权。

李昕仪自然也要跟所有的同学一样，每天走班上课。

但在选师上，A+班的同学享有优势。A+班的学生，也就是通常所说的强基班，是全年级最优秀的学生。他们的老师由学校安排，选择全年级最优秀的老师任教，目的是为了让学生的优势得到巩固，也让学生们能够意识到，你越有优势，你的选择权越大。

但同时，学校在整体师资的配备上，实施"跨层教学"原则：一个老师既教一个A+班又教一个A班，或者既教一个A班又教一个B班。

跨层教学，能够最大限度顾及学生的选择面，学生在选课的时候，不管是在A层次还是B层次，他所喜欢的老师都在里面，都能选到满意的老师。同时也有利于调动教师的积极性。

"师生双选"实施之后，为了选到自己喜欢的老师，往往举全家之力，拼网速和拼手速。据多位学生回忆，选课前，全家人早早就坐在电脑前了。有的学生和家长为了保证网速，还提前去网吧等候。

8点整，选择开始。系统打开。谁先进去，谁先选到。

真就像淘宝"双十一"抢单一样。也像春运时抢火车票。

6个学科，不可能门门选中。许多的学生和家长便做了两套甚至三套方案。有的老师是"秒杀"，有的老师稍慢一点。学生没选到最想选的老师，就退而求其次，去选其他老师。再选不上，就由系统分配。

这个时候，你就要把备案做好。选老师时，你最想选的是导师，那么6个学科当中，你首先要把这个导师教的学科选到，然后再来选其他学科老师。在这个过程中，也是潜移默化地引导学生和家长，今后进入社会，很多时候都要权衡利弊，理性地思考，想清楚你到底需要什么，你真正缺少的是什么，然后做好备选方案，决定取舍。这个过程，对学生来说，也是一种成长的训练。张雪梅老师说。

历史备课组长蔡果对此有自己的看法：

很多家长问，学生选不到自己想选的老师怎么办？有的老师特别优秀，大家都去选他，选不到怎么办？我说那没办法，只能说明你不够优秀。首先你要变得优秀，你才具备选择的资格。但最终能不能选到，谁也不能保证。

蔡果老师延伸出去：比如说，大家都想去上清华、北大，读不到怎么办？清华、北大的校长能给你保证吗？那是要有先决条件的，那就是你必须首先自己优秀。

　　有人说，那不是对孩子不公平吗？蔡果又道，你考七八十分，人家考一百三四十分，大家不分彼此，那才叫不公平。别人是用汗水累积出来的，你没有付出那么多的努力，就不可能拥有这样的权利，这才叫公平。

　　一个制度，追求绝对公平是不可能的。我们只能保证大方向，保证制度的合理性。

　　选课与选师之后，开学时，课表排出来，从学导处统计的数据看，满足学生六个学科的，达30%有余；满足五个学科的，达80%；满足四个以上学科的，达95%以上。

　　棠湖中学的选课走班，在制度设计上，分为两次大选，第一次为高一第一学期结束后。一年之后，高二上学期结束，还有一次调整。以学生成绩作为依据，在尊重学生意愿的前提下，既可往上也可往下。比如说，一个学生，他的总成绩进入了A+，但他觉得他的数学或者英语，A层次的老师他更喜欢，他可以选择不进A+班，到A层他喜欢的老师班上就读。

　　另一种情况，原来学科成绩比较差的，后来赶上去了，也可以调到更高层次的班上。

　　张雪梅老师说，她现在任课的一个A层教学班上，有很多学生就是从B层上来的。

　　再有一种情况，第一次选择时，学生选的是理科，但高二上学期之后，理化的难度加大，有的学生感觉跟不上，要调成文科，这种调整也是可以的，而且，要求调整的学生也不少。

从实际情况看，刚开始时家长的焦虑，学生的担忧，随着"师生双选"的推进，制度设计的公平合理，学生和家长渐渐发现，学校确实给了学生很多权利。越是优秀的学生，权利越多，越容易选到满意的老师。

这是权利与能力的匹配，也是公平的真实含义。

再回到李昕仪同学。选课选老师的那天早上，李昕仪跟妈妈一起，早早地坐在电脑前，她如愿地选到了张雪梅老师做她的行政班导师。后来的两年半时间，李昕仪的学业和身心各方面发展得很好，高中毕业顺利地考上了她心仪的北京师范大学。

## 六个落选生

"师生双选"，顾名思义，老师也有选择学生的权利。反过来说就是，老师也可以"不要"自己不喜欢的学生。

六个落选生就是被老师们"踢"出来的。"踢"是一个网络词汇，用在老师对学生的选择权上十分契合。

这事还得从头说起。

最初的"师生双选"方案出台之后，并没有想到要老师"选学生"，只是从公平和权益考虑，用朱元根的话说，是为了让老师们感觉好受一点，使用了"双选"概念。选择完毕，平台的数据出来之后，有一个学生，被老师退了回来。

　　紧跟着，又是一个，再是一个……更多的学生被老师退了回来。

　　意外的情况出现，却是逻辑的必然。但退回去后，往下怎么办？

　　朱元根的第一反应：马上关闭系统平台上的老师退选功能。

　　老师跟学生不同。对老师而言，育人是职责，是本分，不能退了就算了。

　　但已经退掉的怎么办？朱元根说，退了的，管不了的学生，报给我。

　　统计下来，再做一些疏通协调，大部分被退掉的学生有了去处。最后剩下六个学生，实在没有老师愿意接手。

　　他们确实太"匪"了。老师们私下达成默契，先把他们"晾"一阵子，让他们有种被选掉的感觉，看看他们啥反应。老师们不是想真退掉这些娃儿，但先得把他们"磨一下"。学导处副主任杨海波说。

　　年级大会上，老师们态度一致，并不是真要退掉这六个学生。但必须借此机会"收拾"一下他们，起到警示作用。

　　会议之后，朱元根发话，让编程的工程师从系统上，把这六个学生的课表退掉。

　　动真格的了。那六个学生，还浑然不觉。

　　新学期开学了。六个落选生到校后，找不到报名的班级。一个个班级找过去，一个个老师问下来，没有任何班上有他们的名字。

第一天，在问寻之中结束。

第二天，六个落选生不再找了，他们抱了篮球，去到操场上打篮球。打累了，就在校园里闲逛。给人的感觉，他们不像是被"踢"出来的，倒像是享受着特殊待遇，是来学校度假的。

杨海波是2016年10月提拔起来的年轻干部，担任学导处副主任。职责所在，他关注着六个学生的动态。

先不管，先让他们耍两天。

第三天，就有学生待不住了，开始去找老师。

罗利老师年纪大些，看上去好说话。学生们先去找到罗老师，表示要"痛改前非"，请求罗老师收下他们。罗老师说，你们要改是不是？我相信。但我年纪大了，你们还是去找年轻一些的老师吧。

别的老师，和颜悦色，都以各种理由推托。

学生们找老师求情无果，又来找杨海波。杨海波说，你们想要老师接收你们，就要拿出诚意来。

啥诚意？

不光认识自己的不足，还要让老师们看到你们的行动。比如说，第一步，你们是不是要给老师说一说，你们在哪些方面做得不好，以后怎样改正，是不是应该给老师写个申请或者保证什么的？

孩子们点头，表示马上去写保证书。

第二步，如果老师同意接收你们了，以后你们再犯，怎么办？老师是不是可以再把你们"踢"出去？

学生们点头。

第三，你们现在到处耍，怎么让老师看到你们想要改变的态度？估计老师也不会要。你就是写保证书也不会要。

那怎么办？

要不这样，你们拿起抹布拖把，先去搞卫生，打扫楼梯，让老师们看到你们的勤劳，总之要表现出你们身上的优点来。

孩子们果真拿起工具，去楼道里搞卫生。

杨海波又道，你们好好搞，到时候我帮你们说情。

这是红脸与白脸的关系。感觉中，确实像老师们布下的一个"局"。

然而，第四天，就有记者找上门来，说是接到了学生家长爆料，棠湖中学不让学生上课。

事后杨海波感慨：高二的学生，已经有了自我意识。

这是好事，必须因势利导。因此老师们并没有因为记者介入而妥协。六个落选生，继续在校园里搁浅着。

采访时，说到此事，有一个非常有趣的情形。

朱元根说，开学了，一忙起来，他就把六个落选生的事给忘了。

刘凯说，他没忘，他才不是忘了，他就是不理。

朱元根全然忘了刘凯当初说的，你们好好干，我就不过问了。又说，家长们有意见也不要紧，但不要把事情闹大了，不要闹到教育局、闹到媒体去了……

从学校的角度，事情闹大造成负面影响，肯定对学校有伤害。而且，在刘凯看来，在这件事上，朱元根的处理方式有问题：那6个学生，选掉了，你让他反省也好，处罚也好，还是要有安排。你把人家晾在外头没人管，都不理，要不得。

家长毛了，就往媒体捅了，报纸上也登了。我晓得这是选课走班过程中必然会遇到的麻烦，倒也不怕什么。但这种情况，你把他们晾一下是对的，但总要有安排，你让老师把娃儿们组织起来也可以，总要有人管。你不要让他到处乱跑，万一出了安全事故，就把事情整大了。

刘凯坚持认为朱元根在这件事的节奏控制和分寸把握上有欠缺。但同时，刘凯又道，元根做事，他坚持的事情，我一般不去否定他，更多是在事后采取一些补救措施。人家在干事，你却直接把人家否了，要不得。

改革的过程中总是这样。改革者之间，难免有分歧。只要大方向是对的，只要都是出于对改革的诚意，理解和包容就显得尤其珍贵而动人。

刘凯补救的办法是，给学生处说，让他们出面把六个落选生召集起来，反省，写认识。再带着孩子们去找老师。

有记者出面，有媒体介入，再有校长刘凯的亲自授意，六个落选生却并没有轻易回到班上。事情依然在按既定的步骤进行。

先从六个落选生中，选出一个表现稍好的学生，请来家长，由学生处副主任周怀友带着，一起去"求"老师。

先放一两个到班上，不能一下子全部解决。不能妥协。杨海波说。

安排到班上之前，还要给接收的老师写"借读协议"。也就是说，把你放到某一个班，在某某老师那个班借读，如果表现不好，老师仍然可以把你"踢"出去。

就这样，一个一个慢慢放，一个一个签借读协议，前后花了半个月时间，六个落选生终于安排到班上。

这番过程，意义非凡，为棠湖中学教育"特殊学生"寻出了一条意外而有效的路径。

那之后，每一届，在"师生双选"之后，都有一两个"落选生"，也都沿用这种方法。

对此，老师们各有各的表述。

在"师生双选"中，这是一条高压线。杨海波如此认为。

物理老师、学导处副主任李建军则说，这是一把达摩克利斯之剑，悬在学生头上，让学生敬畏选择的权利。

历史备课组长蔡果则说：每个年级就那么一两个学生被"踢"，但不允许更多。这是要告诉学生，老师也有"踢"你的权利。这就是原子弹的震慑功能。

至此，六个落选生的故事并没有结束。

那六个"落选生"，都是2015级年级的学生，如今已经毕业。其中三人考上了本科，两人参加"单招"，考上了专科。另有一人，子承父业，跟着父母做生意。前不久，六个落选生中的三个孩子回到学校，来看望李建军老师。李建军请他们去食堂吃饭，又陪他们聊天。事后李建军说，明显感觉这三个娃儿，在当时的那种严格管理下，对制度的理解到位了，也都有了自己的职业去向。吃饭时还聊到底线的话题，娃儿们都表示，不该做的事，绝对不会做。

交谈中，娃儿们又聊起当初的那些糗事，让李建军顿生感慨：当初哪里料到，这几个娃儿，会变成这样。

# 第七章　倒逼老师

## 李老师的被选过程

李建军说，选课走班，尤其是后来的"师生双选"，他经历着灵魂的洗礼，也经历着烈火的锻造。铅华洗尽，脱胎换骨。

这样的表述不是矫情，是他真实的感受。

与所有的老师一样，李建军在学生中的印象，有喜欢他的，也有不喜欢他的。喜欢他的，说他上课时严谨，认真，值得信赖。不喜欢他的，说他不够风趣，不够幽默。自2003年大学毕业来到棠湖中学，他一直担任物理教学，如今已经十几年教龄。传统的行政班制下，他教书之外，不问他事，日子过得平静充实。选课走班之后，他平静的生活被打乱了。

选课走班初期，学生分层选课，老师由学校分配。他依然故我地开展教学活动。有一天，一个学生找到他，说，李老师，我要申请换班。虽然你教得很好，我也一直努力适应你的教学方式，但到现在我还是无法适应。为了我的梦想，我不能在物理上耽搁了，对不起，请你允许我换班。

事后李建军形容自己当时的感受：那一刻，我感觉，像有千军万马从我的心上奔过。我不记得当时我跟这位学生说了啥，只强作镇定为他签字，再强颜欢笑祝他学业进步。

那一刻，李建军的心被踩碎了。他怎么也没想到，教书十几年，一旦学生有了选择权，他会被学生抛弃。

好在那之后不久，他目睹了一位数学老师与他同样的经历。也是一位学生，找到数学老师说，老师，你的课堂太严谨了，我喜欢课堂氛围活跃一些的老师，我想申请到另一个老师班上去。

原来不仅仅是他一个人有如此遭遇。再后来，要求换班的同学越来越多。也有陌生的学生来到李建军的办公室，要求到他的教学班来。这时候，他才有所领悟，原来选课走班，不仅是让学生走动起来了，也让学生意识到，他有喜欢的老师。应该允许学生去他心仪的老师班上。进而，李建军产生了一个类似梦幻般的想法：要是能让所有喜欢我的学生组成一个班级，那会是一番怎样的情景？

随后，李建军把自己的想法跟老师们交流，发现许多的老师都有同样的感受。

2017年初，学校果真有了"师生双选"的意向。李建军自然是支持者。他专业是物理，也曾狠花工夫钻研过数学，对排列组合很有兴趣。他便在私下里动起脑子来。如果"师生双选"，怎么去设置框架，怎么制定规则……有了相对成熟的思路后，他去找朱元根交流。朱元根听了，又给他抛出一些问题来，让他琢磨。最终形成的"师生双选"四条基本规则，他是积极的出谋划策者之一。

规则出台，愿望变成了现实。李建军也成为被选老师中的一员。看着自己的名字挂在选课平台上，他像不认识那三个字似的，久久地看着。想起来曾经被学生"抛弃"的经历，不安一点点爬上他的心头，再布满，最终变成了惶恐。此番考验，他又将遭遇怎样的经历，收获怎样的结果？他没有把握，甚至，连想也不敢往下多想。之前，出于同样的担心，他曾私下里去找学生，问：双选时，你会不会选我？学生的回答毫不含糊。但他心里明白，学生私下里的回答是不算数的，算数的，是平台上的数据。选择前的那些天，他突然变得很不自信，翻来覆去在心里回顾过往，以局外人的眼光，打量自己曾经的教学业绩、教学风格、教学特长、过失与不足、未来如何改进……自省与反思，在那一刻，奇妙地发生了。

选师的当天，学校将情况实时通报到年级的QQ群里，老师们可以同步查看。奇怪的是，一向热闹的QQ群，那一天，竟然出奇的安静。老师们沉默不语，只有数据在不断变换。李建军静静地盯着手机屏幕。四周寂静。心跳声仿佛擂鼓一般。

10秒刚过，数据显示，已经有老师被选满了。

"秒杀"！真的是"秒杀"！但没有他。肯定不会有他。那一刻，李建军突然意识到，教书若干年，他从没有如此紧张过，也从没有如此羡慕过谁。他羡慕那些老师。1分钟后，满额的名单又出来一拨。依然没有他。10分钟之后，一小时过去，满额的名单里还是没有他。

他起身，把自己关进了卫生间。

卫生间里，汹涌而至的自我怀疑几乎将李建军击倒。他一遍又一遍问自己：我的教学班能超过20位学生吗？真要落选了怎么办？说好的那些选我的学生，他们都去了哪里？难道，我自己参与制定的规则，最终会落到我头上？

24小时过去，学生第一次选师结束。结果显示，他教的两个教学班虽没有满员，但也接近满员。看到结果，李建军长长地舒出一口气来，仿佛经历了生死，逃出了生天。

有了这番经历，后面的教学，能不受触动？

后来，几乎所有的老师都多出了一句口头禅：不好好干，下一次学生不选你。

"学生不选"，仿佛一道咒语，一条高压线，一把达摩克利斯之剑，一种原子弹震慑原理……与老师"踢"学生具有同样威力，对所有的老师发挥着作用。

选课走班走到这里，已不再仅仅是教学形态的改革，已经由形式，深深地触及内容，触及内心，触及教育中一些本质而隐秘的部分。

采访中，杨海波告诉我，尽管选师之前，家长们有不同看法，主要是出于担心。一旦决定选师，学生和家长对老师的那种渴求，达到空前的地步，让他很是意外。

他举例说明：有一个学生，选完以后非常高兴，说，我选到张丽鹃老师了。张老师是一个大家公认的非常优秀的数学老师，担任年级A+班的教学。

谁知第二天，学生和家长一起来到学校，要求换老师。杨海波问清缘由，原来他们私下里去打听过了，张老师正在准备生二胎。于是家长和学生得出结论，她可能要耽搁教学。

这样的信息也被学生和家长挖了出来，不得不说，学生和家长在选老师的问题上，花了很大的心思。他们要了解老师的课堂，了解教学业绩，甚至了解老师的家庭和生活状况。选课走班之下，老师们几乎处于一种透明状态，这对老师的要求必然更高。客观上形成了一种强大的推力，倒逼老师更加敬业，更加用心，更加注重于专业成长。

杨海波也说到他自己的体验。选课走班之后，他一方面教学，一方面从事教学管理工作。而棠湖中学选课走班的名声传出去之后，来学校参观交流的人非常多。作为学导处副主任，杨海波的接待任务也非常繁重。每有接待，他总是事先给客人们说好，到某一个时间点，他要失陪，他必然离开。他要去上课，如果因为别的工作耽误了我上课，有可能下届学生就不选我了，我就可能被"晾"在那里。

这是最充分的理由，也是作为教师，最重要的职责。

确实有老师被"晾"在那里。当时，按照规则，有两位老师的学生少于20人，建不了班，被选掉了。后来这两名老师去了后勤部门工作。

这在老师中引起了很大震动。

另有一类老师，在选师之前，也是忧心忡忡。

比如高三年级组副组长、历史老师胡雪莉，向来以教学和管理双严格著称，在学生中是出了名的"凶"老师。平常的胡老师，威严自信，风风火火。选师之前，却格外担心起来。

不只她，好些老师也理所当然地以为，像胡老师这类比较"凶"的老师，学生肯定不喜欢，选的人肯定不多。

很可能，学生喜欢那类管理比较宽松的老师。

结果出来，胡雪莉却是被"秒杀"的老师。

杨海波说，后来他也去问过学生，胡老师这么严，你们为啥还要选她？

学生的回答很可爱：我们也是纠结了很久，在选的时候究竟选哪一个？她确实"凶"，但她的教学效果摆在那里。我也想清楚了，我是来读书的，还要考大学。她"凶"的时候，忍一忍就过去了。我这边还在犹豫，发现选她的人那么多，还不一定抢得到呢，所以赶紧抢。

为此杨海波感慨，宽与严并不是学生选择老师的唯一标准，学生还是要看教学效果，所以学生是公正的。把选择权给学生后，学生不会滥用，相反还调动和强化了学生的理性。

因此，在老师们中间，很快形成了一个共识，谁说好都不算数，要学生们说好才算数。

# 没有明天给你

棠湖中学高2015级年级组长夏迎春，把首届选课走班的学生送至毕业，参加完高考之后，就从高中部调去了初中部，担任初中部的数学老师。

这是一次奇怪的调整。问缘由，夏迎春答非所问：我从大学毕业开始，一直在教高中。

那为什么去了初中部？

夏老师说出的理由更让我惊讶。

首届选课走班的2015年，于2018年参加高考。高考结束，夏迎春不再担任年级组长，而是主动申请去了初中部，接手正在选课走班的初二年级。从初二到初三再到现在的高一，他成为棠湖中学跨学部教学的唯一教师。

这一批孩子，最长的，要跟我5年。夏迎春说。

为什么这样？

夏老师抬起眼，笑眼里有着哀伤：我送完2018届毕业生，还有五年就要退休了。如果我去接高一，这届教完，下一届，还送不到毕业，只能教到高二，就到时间了。如果带一批孩子没带完，心里面觉得不完美。

我重复着他的话：你的意思是，你不想带到半路就退休？你就从初二开始，一直带到高三毕业，刚好5年，然后，再退休？

对。夏迎春说，现在这一拨孩子，已经高一了。

又道，这批孩子，跟我最长的，已经三年了。

他一口一个"孩子"，一口一个"跟我"。让我想起一个画面：母鸡身旁紧跟着的一群小鸡。我指的不是血缘与身份，而是那种关爱与陪伴与呵护。那是生命与生命之间最动人的画面，也是人世间最柔软的存在。

情到深处，但凡是人，总是生出母性般的疼爱来。无关性别，无关血缘。

我很感动。却不知道该说什么。夏老师又道，而且，我从来没带过初中，大学毕业以后就一直教高中，所以我也想去试一下。这对自己也是个挑战。

有什么不一样的感受吗？

没有。夏老师答。

初中他们选不选老师？

选，一样的选。

你在初中也是"秒杀"？

基本上是，几秒就抢完了。夏老师笑答，语气平和，笑容里尽是满足。

棠湖中学首届选课走班是高2015级，在2018年即将毕业之际，即2018年初，初中部启动了选课走班。启动初中部选课走班的理由，主要基于两点：一是棠湖中学是完全学校，初中到高中应该形成有机统一的教学理念和模式；二是棠湖中学的管理层认为，从初中到高中既是一个整体，初中部就不该成为教学改革的"死角"，否则长久来看，会反过来拖累高中，影响高中部选课走班，不利于教学观念的根本转变。

帅永莉是棠湖中学初中部的英语教师。出现在我面前时，她同时还有一个身份：高2017级学生李可涵的母亲。我们便从她的教师身份开始说起。

帅永莉从教23年，在好几个学校任过教。她把自己的教学生涯划为两段：以行政班方式教学21年，选课走班教学2年。聊到选课走班，她从自己的感受切入，说得很生动：

在原来的教学模式下，假如这一节课我还有点内容没讲完，那没关系，我还有下一节课，我可能还有辅导课。可能今天因为天下雨了，还有体育课，我都可以占用。我可以像炒回锅肉一样，不断地炒……

也就是说，以前的教学，在处理一节课时，随意性很大，课堂节奏相对松散。课堂的精细化、有效化……也没有必要去动这些心思。但现在不一样了，现在没有体育课给老师占用，下面的辅导课也全是公共辅导，也没有权力占用。学生额外的时间是属于学生的，他需要自主消化。那当教师的怎么办？只有倒逼自己的课堂，尽可能做到精简化、有效化。

帅永莉认为，这是教学中最实在的东西，也是提高教学质量最本质的东西。同时她也坦言，教书20多年，她还从没有像选课走班这样，认真细致地去研究教学。

教书教到一定程度之后，都会有一个惯性，我上一届的课件，条件反射，到下一届，有些东西还可以用。一个课件，只要教材不改，可以一直用下去。

但现在的帅永莉不一样了：就像最初学生分层选课走班，当我把上一届的课件拿来面对现在的A层次学生时，我得做调整，得重新做，怎么去拓展思路，启发思维，深度在哪里？当我把这个课件用到B层次学生的时候，我就会想，B层次的学生，他能听懂我在讲什么吗？我必须做调整，重新制定标高，这就是在倒逼老师提高自己的专业能力。

没有明天给你，我必须得研究课堂，每个环节都要抠，包括问题的设计、教学的针对性、不同层次的标高……无效的问题要删除，无关紧要的问题要去掉。

帅永莉说得诚恳而真切。她说人都有惰性。教学的惯性所致，即使再认真，也会有一些惰性存留在教学里。但现在不行了，现在回家，熬夜也要做课件。

另有一种现象，也让帅永莉深有感触。初中部女教师多，以前大家在办公室摆龙门阵，摆得最多的，是你这件衣服挺漂亮的，多少钱，你这双鞋子多少钱……都是生活琐事，而现在聊的，都是课堂教学。

新衣服新鞋子，已经没有人在意了。相反，帅永莉说，现在的棠湖中学女老师中，有一种新现象，无论是初中部还是高中部，你去看嘛，你去认真观察，没有穿高跟鞋的，女老师们把以前的高跟鞋都扔了，都穿平底鞋。为什么？因为没有时间优雅，没有时间慢腾腾地走来走去。

我们都需要快速地去做很多反应。

比如说，下课了，快速地回到办公室，因为有很多学生在那里等着你，要问问题。比如说，要去打印一个资料，你得快速去完成，因为回来之后你还得备课，还得去研究课堂，还要批改作业，还要去让学生过关，还要去学习去提高……有时候我就想，为什么以前有那么多的时间呢？

说到这里，帅永莉的脸上既迷茫又兴奋，仿佛让我看到有两个帅永莉同时站在我面前。一个是以前的，一个是现在的。变化之大，却发生在一瞬间。

高中部2015级化学老师冷丹也有类似的感受，只是她表述起来是另一种风格。

我们学校挺爱折腾的，但这种折腾是创新，也是倒逼我们去学习。有时候我会埋怨，学校搞那么多的事情，烦得很。但正儿八经冷静下来后，你会想，比如说我们的三段式教学，包括后来的选课走班，这种不断的变化，就让我们不断地遇到一些问题。当我不能应付的时候，我查阅资料也好，请教老师也好，倒逼着我去学习，不能停留在原地。以前是工作干顺了，一些工作就照本宣科往下做，还可以随时把学生"踢"出来，过一下关，整一下。但现在不行了，现在你找不到他，只有倒逼着你去研究教学，如何让课堂更有效。所以这么多年，我每年的教案、课件都得重新设计，重新备课。包括提问的方式，怎么利用有限的时间更加有效地去提问，然后让学生抓住知识要点，再进行拓展延伸……用各种教学方法来倒逼自己，在这种过程中，也让自己有了成长。

　　蔡果老师的表述又不一样。

　　比如原来的教学，张老师担任班主任的班级，蔡果老师去上课，上完课拍拍屁股走人。对学生的动态变化，尤其是行为习惯变化，几乎不管，也不用管。但现在不一样了，现在如果你只是甩手上个课，不闻不问的话，轮到第二轮选的时候，学生不会选你。

　　老师不光教书，还要育人，还要跟学生谈心，还要去管理学生。这种老师是最受学生欢迎的，基本上都会被学生"秒杀"。

　　一个长期负责的人，效果是会出来的，一个勤奋教学和一个勤奋育人的人，会受到学生追捧。也就是说，现在的选课走班，很容易突出金牌老师。

　　蔡果老师又延伸出去：比方医院，有主任医师、主治医师，然后是医师，一般病人看病的时候，说，我挂个专家号。这就是"抢"。为什么会有那么多人去找专家看病，我相信肯定是德艺双馨。同样，为什么有学生去抢老师，抢不到还特别失落。学生对老师的追从，是对老师劳动成果最有价值的肯定。老师为了让学生抢，就不敢松懈。帅永莉老师说到，她来见我之前，走出办公室，与她拍档的刘冬梅老师正在处理一个学生。刘老师是这么处理的，帅老师一边说，一边站起来，要表演给我看。我们原来的教学，什么听写默写的，连续不过关，为啥过不了关？原来是这样子的。帅老师伸出一根手指头，道：

咋回事？咋个不背？然后骂骂咧咧，脾气就上来了。

而现在呢？今天我看见刘冬梅老师在问那个学生，是这样子的：

你这些单词，昨天你花时间背了没有？

孩子答，没有。

那这样，今天中午，我们俩约个时间，一起背。今天中午，我们先听写三个单词。

孩子点点头，好的。

孩子往外走，刘冬梅老师还在后面追着喊：记到哈，今天中午，我们一起听写。

那孩子回过头来，一笑，道，好的。

帅永莉说，那个时候，她突然有种奇特的感受，这个孩子，他不会得抑郁症的：瞬间我就产生了这么一个可笑的想法。我觉得他不会得抑郁症了，为什么？因为他的成绩虽然差，但你看老师都陪我背单词。有些孩子的学习能力真的不强，但我们把困难给它细化了，分解了，还陪伴他一起学习，至少，他是快乐的。

在棠湖中学，学生去老师那里单独默写或者听写，就在教室背后的小办公室里。这类小办公室，是专门隔出来用作老师对学生进行个别辅导。还有一些空教室，也可以用来辅导学生或答疑解难。下课时或者午饭后的时间，教学楼的走廊上到处是人，都是学生在围着老师问问题。

白自习时，许多的老师也在走廊上走来走去，"点杀"

学生。他们从系统平台上一查便知，哪些学生在上白自习，在哪个教室，然后循着位置找过去，进行个别辅导。

选课走班初期，几乎所有的老师都有相同的抱怨，老师找不到学生，怎么办？朱元根的回答有些冷酷：那是你乱说。你要真想教好学生，你绝对找得到。

选老师之前，作为选课走班的设计者和实施者，朱元根从来没把老师们的这类抱怨当成"真问题"，但老师们的抱怨也从没有停止过。选老师之后，这类问题迎刃而解。

现在找学生确实比原来要困难一些，现在你要找哪个学生，要通过查课表，看一下学生的课表，下节课他在哪儿，看到要下课了，就跑到教室门口去守起，就像抓壮丁，守株待兔，找到他就跟他谈。或者有时候就口口相传，你看到哪个学生，下节课你是不是跟他一个班，你帮我喊一下他，下节课让他在哪儿来找我。这是冷丹找学生的办法。

帅永莉则有自己的办法：我们老师就在办公室，"坐以待毙"。我经常跟学生说，反正你来不来我都在。有问题时，随时都可以找到我。跟我们想象的不一样，原来我们以为坐在这儿，学生不会来，结果不是的。现在的学生，选课走班之后，主动性出来了，一有空就来。走廊上、办公室、空教室里，全是人，都是问问题的学生。

生怕我不信，帅永莉又换了语气，道，你可以在完全不通知任何人的情况下，扛着摄像机去看，走廊上，全是学生，到处都是学生。

# 小黑屋与烟灰缸

李建军也是在"选课走班"中成长起来的管理干部，他与杨海波一样，同为朱元根的副手，担任的是棠湖中学学导处副主任职务。

简单地说，李建军是在选课走班过程中，主动要求承担一项项极具挑战性的工作，显露出了自己的才华。

"选课走班"之前，他这样表述自己的状态：那时候我就是一个普通班主任，也没管那些，反正你们说要选课走班，我只是在心里说，我是期盼的。

"选课走班"之后，因为满心拥护，他萌生出"想干点事"的愿望，通过朱元根对他的"考试"，承担了家校协作协会工作，成为家校协作协会的第一负责人。

家校协作工作他做得风生水起。

那之后，他又主动参与"师生双选"的方案设想与规则设计。几乎同时，他又去"抢"来另一项重要工作：教学业绩评价。

这是一项很抽象很专业的工作。采访中，我花了很长时间想把它弄明白，也只是似懂非懂。但我知道它之重要，直接关系到每一位教师的切身利益，继而关系到整个学校的正常运转与发展导向。而"选课走班"之下，原有的评价体系已完全失效。

　　杨海波向我讲解原来的评价体系。

　　以往的评价相对简单，比如一个行政班，6位学科老师教几十个学生，根据学生的入口成绩划定目标任务，你这个班考多少个，最终完成了多少个，学校对这6位老师进行评价。以前是包班制，评价到班就可以了。尽管也有问题，比如说，没法评价到老师个体。比如说，一个班上，你教语文，我教数学，你的语文考了40个达标学生，我的数学只考了28个，实际上我的数学拉了后腿，而语文做了一个正功。而学校对老师，或者年级对班的评价，需要的是整体上去，所以是先看整体，再看个体，个体的占比就相对比较少，干得好坏对个体的影响不是很大。

　　而"选课走班"之后，原来的行政班概念不存在了，导师班的二三十个学生，他的任课老师可能涉及全年级的老师。怎么来评价这个班级，怎么来评价教师的教学质量，成为一个全新的问题。

　　朱元根说到当时的那种境况：期末考试下来，学生的成绩并不差，老师的心里宽慰了许多。但分析成绩时，只能统计到年级，连班上也到不了，更到不了个人。没办法，原有的体系不管用了，新的办法还没有找到。我只能跟老师说，等找到办法以后，我们"秋后算账"。

　　老师尽管没有评价，还是认真努力工作。有关这一点，朱元根特别强调。

　　杨海波也说到当时的境况：第一年第一个学期选课走班

的，从2016年初到2016年7月，一个学期了，成绩根本就没法算。考是考了，但成绩分析不了。

李建军就是在这时候"冒"了出来。

李建军白皙文雅，一眼看去，是那种特别能静得下来的人，也很有些"一根筋"。一件事情，钻进去了，可以茶不思饭不想。他成为杂家不该意外。学物理的他在数学的排列组合上下过一阵功夫，又喜欢捣鼓计算机，尤其对Excel表格的处理，近乎专业能力。杨海波夸他：应该是我们学校Excel表格处理第一人，到了现在，简直已经炉火纯青。他大学时候就喜欢弄这块。

说到当初为什么会去接手这项与他风马牛不相及的评价工作，李建军说，选课走班之后，与原来的组织结构全然不同，期末考试过去好久，成绩分析出不来。这对于老师们来说非常重要。等于说，每个人付出了这么多努力，可是干好干赖，谁也不清楚。就像蒙着眼睛在走路，深一脚浅一脚的，大家心里没底。当时他正在做家校协作工作，跟朱元根见面的机会较多，也知道老师们都在等着分析出来。找准机会，他试探着问朱元根：我们的成绩分析不出来，老师们上课都是闷到起的，咋个成绩还没出来？朱元根说，他们现在还没有精力搞。他说的"他们"，是指跟学校合作的网络技术公司。李建军又问，那好久可以搞出来？朱元根道，我也晓不得，恐怕这学期期末也未必干得出来。李建军道，那我可不可以尝试一下，看能不能做点东西出来？

　　朱元根看着他。这样地看着，已经不是第一次了。第一次是家长协作协会，第二次是"师生双选"前夕。这一次，朱元根看着他，仍然看得认真，看得长久，末了，道，你来做？

　　不是朱元根不信任他。朱元根也知道，这小伙子有点名堂，爱动脑筋，也沉得下去。但评价成绩很专业，不是家校协作协会，也不是"师生双选"的几项规则，可以坐下来，动动脑子就能想出几条道道来。那是需要专业知识与实际操作经验相结合的一项活路。简言之，那是吃专业饭的人干的事。

　　李建军变了语气，轻描淡写道，反正我做到要。

　　见朱元根没再反对，又道，你把那些资料给我，学生总分、学科分数表，等等。

　　朱元根道，那好，你去找春哥儿（夏迎春）要。

　　后来的李建军，上课之余，人们已很难见到他。他把自己关在教学楼里，关在教室背后的那间小黑屋里。那样的小黑屋，原来的每间教室都有，前面是教室，后面是一间宽两米、长度与教室等长的空间，专用于班主任办公或个别辅导。采访时，我曾经专门去找过那样的小屋，却已经被拆除了。杨海波说，是为了让教室更宽敞更明亮。我却隐约地感到有些遗憾。那一间间小黑屋，曾经陪伴过多少选课走班的老师，接纳过多少接受个别辅导的学生，也见证过多少老师付出的艰辛与坚持。

　　李建军就把自己关在那样的一间小黑屋里。小黑屋不宽，却足够长，一字排开的是办公桌和一张简易的行军床。白天一有时间就在里面算。到了晚上，家也不回，继续算。困了，就在行军床上躺一会儿。始终不熄的，是手上的那支烟卷。

推门进去，不见人，先闻着一股烟味。好大的味道。烟头从烟灰缸里全冒出来了。杨海波是见证者，而且，还不是正经的烟灰缸，茶叶盒、矿泉水瓶子、玻璃杯……都被他当成烟灰缸用。

我便以烟灰缸一事向李建军求证。李建军说得头头是道，还有种学术研究的意味：矿泉水瓶子肯定是用过的，茶叶盒盒也肯定是用过的，还有学生娃儿看到我抽烟，给我送过烟灰缸。但那个东西，好看不好用，容量太小，放不下几支烟头。

他最喜欢用的是一种茶叶盒：不能是金属的，是纸质的，有吸油性，焦油不会沾在上面，而铁盒子，一旦沾上，时间久了不好打开。

那种茶叶盒，盖子可以是金属的，但盒体必须是纸质的，它有吸油性。我现在用的这个，已经用了一年多了，我还在边上割了一个缺口，你知道有啥用吗？

他考我。谅我也不明白，又自答，可以架烟。在电脑前做事，手要腾出来，把烟架在那个缺口上，容量又大，而且要有盖子，用过之后，砰一下盖上，它就自然缺氧而熄灭了。

末了，他又不无得意，道，这就是物理学原理。

回到评价工作上，李建军说，当他当真去操作时，才发现，并不是他想象的那么简单。当初夸下海口，做不出来，怎么收场？他是决意要弄点东西出来的。怎么也要弄点东西。就关在那间小黑屋里，他开始从头学。去买书，去网上看各种帖子，去看那些大咖在怎么做。一切都是悄悄地进行，也不告诉人他心里没底。那是啃硬骨头的劲头。不把骨头嚼碎了，吞下去，他就无法从黑屋子里走出去。

到第一学期期末，已基本上可以算出每个班的平均分了。到第二学期期末，各教学班的各种维度的计算越来越多，越来越细。到了现在，此时此刻，棠湖中学已经实现了所有年级全走班，而走班制的成绩分析以及教师教学业绩的评价，已成为他的本职工作。

作为学导处副主任，杨海波详细地向我讲解了后来的评价体系：

我们要评价到学生，要评价到学生的每一个学科。学生刚进校时，他有一个总分，我们把他的总分看成他的一个学习能力。比如他考了580分，这个学习能力它在双流区肯定有一个位置，比如在双流区7000人或者5000人的中考过程中间，他应该是占到1100名或者1000名左右的一个位置。

我们通过一年的教学，他的语文学科、数学学科，理化生这些学科，是否保持了原有的位置，他这个位置在原来的基础上是否增长或者下降？

我们现在的评价，学生入校的时候，我们就把他的入学成绩换算成一个标准分，这个标准分抛开了考试试题难易程度的因素，期末考试以后，也把成绩换算成一个标准分，从结果和开始两个相减，得数为正，就说明我们老师促进了娃娃的长进。如果得数为负，就说明这个老师在娃娃的教育上用力不够。

通过这样一种具体的数字，把每一个学生的每一个学科都计算出来，再归口到每个学科老师的头上，得出来的总和就是老师工作的一个变化。

用这样的方式评价老师，棠湖中学的老师们心服口服。

## 最经典的一笔

朱元根说，棠湖中学的选课走班改革有如神在指引，走到绝路上也没有放弃。他指的是关键的一环：师生双选。

作为设计师和操盘手，这一路走来，朱元根的感受可谓千言万语，难以言表。排课的艰难、自习课的无序、卫生的整治、行政班撤与不撤、导师制如何建立……一个个问题解决了，一堆堆的问题继续出现。用朱元根的话说，直到"师生双选"之后，才走上了阳光大道，一路柳暗花明。

他说，学生选老师，老师内心的那种紧张度，会变成工作的压力和动力——这么大规模的选课走班能走到今天，这是最核心的东西。

对此，杨海波有自己的表述。选课走班中的"师生双选"，我有个比喻，相当于毛泽东一生中最经典的一个战役——四渡赤水，是最经典的一战。

年轻教师罗晗则说得直白。我们的选课走班模式，最好的一点，就是"师生双选"。学生对老师有一种发自内心的认同感。比如说学生选了我，他们来到我的班上，不管我怎么样，怎么教育他、处理他、批评他，他都不会产生抵触情绪。

夏迎春则说，"师生双选"让我们终于通过了动荡期，步入正轨。不管是学生的学，还是老师的教，还是常规的管理，都进入了轨道。后来的一届又一届，只需沿着这种路径往前走。

夏迎春又说，正因为老师们的敬业，我们才度过了阵痛期，不然的话，再动荡半年，我们的零诊考试要想取得那样的效果，根本不可能。

夏迎春所说的零诊考试，是2017年6月，由成都市统一举行的首次高考模拟考试。而那时候，棠湖中学的选课走班已经进行一年半时间。这场考试，相当于是对棠湖中学选课走班进行的一次货真价实的检验。

朱元根曾经说过，在选课走班模式下，只要没有退步就是进步。

他又说，全部跳下去，一刀切。所有的学科都走班，只要有一科有进步，你就不能说是选课走班造成的成绩滑坡。

他这些说法逻辑严密，有不可辩驳的合理性。但细品之下，也似乎透出悲观，做好了最坏的准备。既如此，反推过去，便可以看出，内心深处，包括朱元根在内的每一位棠湖中学教师，他们的心始终悬着，无时无刻不在担心着成绩下滑。"是骡子是马，拉出来遛遛"。在绝大多数人眼里，考试的成绩才是判断骡与马的唯一标准。

如果成绩当真下滑，原本艰难的改革之路，将面临怎样的局面？

冷静和从容背后，是深深的忧患与不安。

以这样的眼光看待棠湖中学的选课走班，毫无疑问，他们是"戴着镣铐跳舞"，是带着最深最重的负荷前行。

因此，事隔几年，说起那次考试，夏迎春的语气里还带着痛感。

印象最深的，是高二暑假完了进入高三的时候，有一个成都市的零诊考试，考试结果出来，不敢相信这个事实。我们学校上重点线的人数，从来没达到过这样的高度。我们达到的高度是绝对数，具体说是793人，这个数字我一辈子都记得清楚，文理科加起来，上重点线793人，本科上线1099人。而以前，我们上重本线人数就是一两百、两三百。效果出来了。夏迎春深深地吁了一口气，停顿了下来。

随后，夏迎春又道，当时教育局给我们下达的指标，重点线是177个，本科线是781个，我们零诊的重本人数比本科任务还多……

朱元根则理出了一条清晰的棠湖中学高考成绩线：

2008年，棠湖中学与棠湖中学外国语学校分家，棠湖中学跌入低谷，当时高考重点上线仅几十人。

2013年，通过课堂改革、管理、评价体系等一系列改革，棠湖中学历史上第一次重本上线人数达到236人，开始从泥潭中走出来。

2014年，重本上线216人。

2015年，重本上线249人。

2016年，重本上线411人。

2017年，重本上线465人。

2018年，即首届选课走班的学生毕业，棠湖中学的高考成绩创历史新高：重本上线人数突破600人大关，上线率提高约15%。众多的优秀学子走进了全国的顶级名校，顶级名校几乎实现全覆盖。

夏迎春将他执教的高2015届（2012级）与高2018届（2015级）进行了比较。这两届学生的入口成绩差不多，但高2015届没有走班，高2018首届走班。从成绩看，高2015届与2018届根本就没法比，为什么？因为出口完全不一样了，两届的效果可以说是天壤之别。

朱元根也有相同的看法。从入口看，2018届这个年级是最差的，恰恰是这个最差的年级，率先吃螃蟹，实施选课走班，创造了最大的辉煌。

由此朱元根感叹，任何一次变革，都会发生两种情况：优秀的变成不优秀的，不优秀的变成优秀的。后来者在大踏步前进。而既有的成绩，总是不经意间变成领先者的包袱。这是所有改革者应当警惕的事。

由此，棠湖中学的"选课走班"，从教学形态的改革，向着内容和品质进一步深入。

# 第八章　让学生说话

## 抱团选择冷老师

2015年级组副组长、现为2018级年级组长的奉红说过这样一番话：选课走班之后，尤其是让学生选老师，学生不在乎你的职称有好高，他在乎的是能不能让他喜欢和信服。谁说好也没用，要学生说，学生的话才算数。

从立场看，家长和学生互为一体。让学生说话，某种程度上，也就是让家长说话。用家长的眼睛看过去，看见的事物或许更为真切。

而学生的故事，往往也就是家长的故事。

那天采访时，进门来，帅永莉说的第一句话就是：选课走班，我的家庭是最大的受益者。

说实话，当时的我有些警惕。她的身份有些特殊：既是棠湖中学初中部的英语教师，又是2017级李可涵的妈妈。我怕她是带着身份所致的主观色彩而来，让我的采访陷入虚妄。

我带着这份警惕请她坐下。

她似乎看出了我的心思，对我说：不管我的老师身份有多浓，但我毕竟是个妈妈，我毕竟是家长，我就是教出100万个清华北大，但我的孩子是个差生，你再优秀你的内心都是痛的。你那个痛不是学校给你多少奖励、你教的学生有多优秀可以弥补的，你那种痛是说不出来，很难受的那种痛。

我静静的，不搭言，听她慢慢往下说。

她的儿子李可涵，初中时就在棠湖中学就读。当时全年级240人，她的儿子排在180多名。进入高中，2017级，即"选课走班"第三届。走班之初，全年级理科学生近千人，他排在650名左右。最差的是化学，每次考试，仅20到30分之间。条件反射，她想让儿子去补课。

讲到这里，我打断了她的话：你想去哪里找老师给儿子补课？

去外面，培训机构。

棠湖中学去外面补课的学生多吗？

可能有，但应该不是很多。帅永莉坦诚道，作为家长，这是最普遍的心理，着急啊，想赶紧想办法给他补上。

然而，我又问：那，棠湖中学的老师，去外面补课的多吗？

我说的是兼职，挣外水。在教育界，这几乎是常态，惯例，普遍现象。

我们应该没有。我们学校，明确规定不准老师去外面兼职补课。有的话也只能是暗地的，肯定不敢让人知道。

哦。我们回到原话题。

帅永莉说，但孩子不去，没办法。

之后就开始选课走班。

选老师前，帅永莉用商量的口气问儿子：你想选哪个老师？

那时候，坦率地说，帅永莉尽管是在初中部教学，但打听一下儿子所在年级的师资情况，是件很容易的事。她心里早已经装着几个化学老师候选人。

但儿子说，妈妈，我觉得冷老师挺好的。

恰恰冷老师不在帅永莉候选的范围内。便问儿子，你为什么要选她？

儿子说出的理由让她大吃一惊：因为她很歪。

帅永莉又道，还有没有别的理由？

儿子道，她的化学教得好。随即儿子又补充一句：更重要的是，在她的面前你必须服从。

这就是孩子。这就是与帅永莉朝夕相处的儿子。因为心疼儿子，又因为同在一个学校来去，帅永莉没让儿子读住校，让他走读。早晚回家，偶尔在学校还能碰见，母子俩相处的时间比别的母子多得多。可是那一刻，帅永莉感觉自己太不了解儿子了。

我当时的第一反应，他不会愿意去找这样的老师。在我们的想象中，这类老师是孩子避之不及的，家长才会对这样的老师感到满意。结果是他要选择这样的老师。

　　然而，简单地下结论为时过早。紧跟着，儿子再一次让妈妈大吃一惊：妈妈，我们三个人约好了，要集体跳槽，都去投奔冷老师。

　　三个人？除了儿子，那另两个人，一个叫周孝凯，一个叫沈罡，都是李可涵最要好的同学，都是出了名的调皮捣蛋。

　　你一个人就够了，为什么要三个人，还集体投奔？

　　儿子这才道出原委。

　　原来选师之前，三个人早就商量好了，想选冷老师，但冷老师太歪了，一个人的力量肯定不行，三个人一起去，遇到事情，可以联合起来一起抗衡。

　　儿子的话让帅永莉在惊讶之余，陷入了沉思。她实在没有想到，孩子大了，有了自己的主张不说，还如此周密，如此富于心思。

　　选课那天，三个孩子约好了，早早去到网吧，一人一台电脑。冷老师自然是那种"秒杀"型。但网吧里的网速快，三个人如愿以偿，都抢到了冷老师。

　　对三个孩子而言，冷老师身兼三职：既是他们的行政班导师，又是化学任课老师，又是学业导师。

　　可见三个孩子选择冷老师的决心之大。

　　然而开学不久，帅永莉就接到冷老师的电话：你把孩子带回去。

　　为啥带回去？

不交作业。

三个孩子中，周孝凯和沈罡成绩好，排在全班的前十名。李可涵的成绩不如两位同学，也跟他们一样上课讲话，不完成作业。

作业不按时交，以各种理由拖延；上课捣乱，下课后，学校规定不准外出吃饭，三人约好了，溜出去，你请一顿，我请一顿……

在调皮捣蛋上，三个人可谓并驾齐驱。

有一次，李可涵又被冷老师遣回家了。回家来，叫他反省。反省的结果，李可涵说，糟了，我对不起冷老师。

为啥?

冷老师要被扣分了。

帅永莉再一次大跌眼镜：这是从未有过的事。按照惯例，让孩子回家反省，孩子在情绪上应该比较抵触。但儿子回来之后，他想到的是冷老师，是冷老师要受牵连。这才是让他真正难受的地方。

作为妈妈的角色叙述到这里，帅老师又转到了教师的角色：所以我觉得，"选课走班"最好的地方，孩子选择了认同的老师，他和老师之间，建立了连接，产生了触动。有触动，教育的作用才得以发生。所以这种内动力远高于他去简单地反思自己哪里不对。这种内动力也绝不是家长在那里使劲喊，你要加油、你要用心可以企及的。当老师和孩子在情感上产生联结时，真的可以引领孩子一辈子。

后来的李可涵变化之大，是帅永莉用"惊讶"一词难以表达的。

有一次，李可涵班上的一个女生，见到帅永莉，跟她说，帅老师，我天天看见你家李可涵在走廊上走来走去。

帅永莉问，他在走廊上走来走去干什么？

女生答，他手上捏着试卷去问老师。

他主动去问老师了，这是他在学习上的第一个变化。

每天晚上，只要有时间，帅永莉总是在家陪着儿子。有一天，照样的，她看着儿子在灯下做作业，纠错。很明显，好些题儿子都不会做。帅永莉看着难受，就把手机递给他，说，不会没关系的，拿手机查，查了之后看一下解题。

手机上有答案，也有解题的过程。儿子接过手机，看了一会儿，说，妈妈，我真的看不懂。再埋下头去，在试卷上标注，又道，我明天要去问老师。

帅永莉静坐在一旁。她在想，儿子的学习品质变了。以前遇到不会的题，他哪里会去记下来，问老师？他的第一反应就是应付。而一个人，一旦从被动变为主动了，很多的问题都能解决，很多的改变就会发生。

儿子的另一个变化，表现在称呼上。

他嘴巴里头最爱叫的，冷姐。一口一个冷姐。他的嘴巴里全是冷姐。有什么事儿都去跟冷姐说。包括后来，上了大学，大学里的情况也要给冷姐汇报，谈不谈恋爱也要跟冷姐说一声。

帅老师一边说着，满脸的欣慰，一边也隐约地有些甜蜜的醋意。自家的儿子，如此信服一个老师，作为妈妈，既高兴，又难免有些落寞。

自然，帅永莉说到了冷老师。

我不是说她的教学，教学这一块咱们不谈。她对孩子思想上的这种引领。她对孩子的称呼，她从来不会叫李可涵，从来都叫的是"娃儿，娃儿"：娃儿，你咋的了？娃儿，你咋还没有明白呢……

人与人之间，称呼之妙，妙不可言。同样的一个人，称呼变了，感情的浓度与空间的距离瞬间改变。父母与子女间如此，情人间如此，朋友间如此，老师与孩子之间，同样如此。

"娃儿，娃儿"……娃儿，你咋的了？娃儿，你咋还没有明白呢……绵糯如米糕，甜软如蜜糖。

帅永莉说，曾经有老师批评她：你儿子从小到大，都是被你抱着过来的。帅永莉承认，确实如此。孩子从小到大，都是在她和丈夫的百般呵护之下。看书吧，他不愿看，那我陪你看。做作业吧，以最快的速度，唰唰唰，书写乱七八糟，做得对不对，从来不管。儿子中考后，成绩很不如意。绝望之余，帅老师忍不住对丈夫说，完了，我们带了个废娃儿。那种痛苦，至今说起，帅永莉仍能感受到揪心。

但孩子最终变了。高考时，李可涵的化学考了80多分：太不可思议了。帅永莉叫道，因为入学时，他的化学成绩，经常是二三十分。

最终，三个孩子，李可涵、周孝凯、沈罡，都考上了理想的学校：而李可涵的梦想，就是要报考中国航空飞行学院飞行专业，毕业后当飞行员；周孝凯考上了军事院校，沈罡考上了东北理工大学。

教育改变人生，教育也很容易误人终生。而其中，最能够激发孩子内动力的，往往是让他信服的老师。

冷老师名叫冷丹。未见之前，帅永莉几次提到，小小的个子，巨大的能量。见面时，眼前的她，确实瘦小、单薄，也看不出能量巨大。我们聊到选课走班，聊到三个孩子，也聊她的工作和生活。她的经历十分平常，大学毕业后，到棠中任教至今，当班主任，教化学；选课走班之后，任行政班导师、学业导师，仍然教化学。她的出色在于用心。有两个小细节：一是她给孩子们写小纸条。

"选课走班"之后，学生整天都在走班。跟学生见面的机会少了，可是，教学的效果不能滑坡，学生的成绩不能落下。见缝插针也要先找到缝隙。她找缝隙的办法就是写小纸条。哪一个孩子没过关，教学的内容没搞懂，写一张小纸条给他，约好了中午饭后，在哪里见面。

上面的内容不多，很简单的一道题两道题。就让他当着我的面做，做完马上给他改。不懂的我就马上跟他们讲。只耽误10多分钟，最长不超过半个小时。

另一个细节，是她自制的小册子。她班上共有36个孩子：确实不能够每个星期跟所有的学生谈话。确实不能像以前行政班制时，我上一趟厕所，都要去教室里转一圈，随时了解学生们的状态。

她便制作了一种小册子，每周让学生在上面写内容：写心情，写想对老师说的话，写每天的学习总结，写难忘的事，写即兴的小感想，写自我期望和对老师的期望……她则从小册子上看学生，能看进学生的心里去。

小册子很简单。但它是无限的：用完了，我就给他们再打印一张，亲自为他们再粘在后面，他可以继续在后面写。

全班三十多人，初打印出来，很薄的一本小册子。后来越变越厚，一直到了这么高——冷丹说时，用手比画，比一块砖头还高。

有些心情不好的，他就会写在上面，我看到文字不对劲，就会去找他。

都是他们亲笔写的。我带他们开始，看着他们成长，我拿着这个的时候，就晓得这个孩子的所有变化。

我关注到他了。冷丹说。

李可涵进入大学之后，最难忘的是在棠湖中学上高中的那段时光，最难忘的，是冷姐给他的小纸条。上大学后的那个中秋，李可涵写了封家书回来。说是家书，也写在手机上，但内容多，文字很长。信里全是感恩的话：我在棠湖中学的每一天，我很感谢。其中特别提到，他感谢冷姐给他小纸条。

采访完冷丹那天，回到酒店，我也写下了这样一段文字：

晚上我采访了棠湖中学的老师冷丹——这个娇小出色的老师，让我萌生了写手记的念头。原因很简单，我们的教育确实出问题了。但有些学校，有些老师，他们仍然在无路之中寻找出路。

所谓无路，其实是一个伪命题，只要有信念，再怎么说都能找到出路。这不是我乐观或者理想化，也不是矫情，更不是粉饰，而是采访所得的感受。

## 谁比谁更紧张

肖笛是棠湖中学高2018级学生。2021年5月，我在棠湖中学采访时，她在读高三，正在备战高考。她的妈妈陶永珍走来时，高挑的个子，白衬衫，独辫子，眼睛里闪着羞怯。我一眼看出她的身影里，还存留着女学生的味道，赶紧请她坐下。她明显有些不安，坐得轻微。我们聊起她的女儿来。

陶永珍开口的话让我意外：应该说我对这个孩子还是有发言权的。刚来时她考到A+班，但是咚一下就整到了A班，后来又到了A+班。所以说对选课走班的过程我还是很有感受的。

我不去打断她，让她说。

肖笛的初中就在棠中读的。初中时，在妈妈陶永珍看来，女儿的成绩不怎么样，很一般。当初她担心的是女儿能不能考上棠中的高中，结果肖笛考了600多分，进入棠湖高2018级A+层。

可是第一学期期末，"选课走班"前夕，肖笛的成绩又跌到了A层。

这就开始了"选课走班"。

选课之前，肖笛已经想好了，她要选语文老师李楠当她的行政班导师。

跟许多家庭一样，母女俩早早赶到网吧，坐在电脑前，想借网吧的网速选到她喜欢的李楠老师。

但女儿失望了，她没有选到李楠。

看着女儿一脸的失落，先哭的是母亲。陶永珍说，在网吧里，她哭得稀里哗啦。

就在网吧里，她哭着给李楠打电话：孩子确实喜欢你这个班，但是她又没选到，怎么办嘛，可不可以她还是选你的班？

回复可想而知：选课和选师都是在平台上进行，过程公开，程序透明，确实没有办法。

见妈妈哭，肖笛站在一旁。她没有哭。泪水倒流进心里，化作决心。女儿对妈妈说，她会加倍努力。

女儿被调配到蔡果老师的班上。

我还是很感激蔡果老师。陶永珍说。

肖笛到了蔡果的班上：他经常上那种班会课，给孩子正面的激励，形成了很好的班风，孩子在班集体里面感受到一种大家庭的温暖。虽说她是在普通班，但是她在蔡果老师的班上成长得很快。我还是很感谢蔡果老师。陶永珍又说。

蔡果老师是历史老师。为了陪伴孩子，他经常不回家，就守着这些娃娃。大冬天的，他带着娃娃们去跑步。他还会弹古筝。我就在想，这个男老师弹古筝时，是个什么样子呢。

你见过蔡老师弹古筝吗？我问。

没有。陶永珍说。但是娃娃见过。我就想，这样的老师带娃娃，我们作为家长，很放心。

在陶永珍的眼里，女儿到了蔡老师班上，确实改变了很多。一学期后，期末考试时，她又进入了A+层。

这对陶永珍来说又是一次考验。

陶永珍说，当时她觉得女儿在这个班上适应得很好，她并不想女儿再去A+层。而且，她觉得，蔡果老师这样带娃娃，她很放心。

但女儿的态度很干脆：不行，我既然努力了，我有这个机会进A+班，为什么不去？

这一次，女儿到了李中军老师班上。

李中军是数学特级教师。但陶永珍在意的不是这个，她在意的是李老师的工作态度和跟娃儿们之间的关系。

跟他一接触，我对老师的看法完全变了。李中军老师，他负责到什么程度？比如说有时候晚上上课，很多时候他都没时间吃饭，晚上下了课他就跟同学说，你去买面包是不是，给李老师带一个回来。

不光是李老师，还有肖笛的许多老师，陶永珍都非常熟悉。一是肖笛回家来跟妈妈讲，二是疫情期间，她跟着女儿一起上网课。

一个是蔡果老师，一个是孟霞老师，一个是教语文的李楠老师……平常女儿回家来，说得多。上网课时，我一个个老师听他们讲课，感同身受。

陶永珍特别说到教语文的李楠老师：她讲课铿锵有力。我听她讲了几个星期的古诗文，把我对古诗文的兴趣也激发出来了，那段时间，我也拼命去背古诗文。

听地理课时，是杨海波老师。有一天，上网课，杨老师在讲，她在电脑前跟女儿抢座位，挤来挤去弄出了声音：我坐她的位置，她不让我坐，然后我听到杨老师在网课上说，家长听可以，但不要影响孩子学习。

课后母女俩再说到这事，女儿说，她觉得杨老师很辛苦，教学这么忙，杨老师又是管理干部，等一会儿又有很多工作要他去做。她说杨老师还是个小伙子，那么年轻，头发都白了。

女儿的成人礼那天，陶永珍去了，见到了女儿班上的好些同学。有一个男孩子，一直在旁边做作业，照集体照的间隙，也在一旁做题。女儿对妈妈说，那是他们班的第一名。女儿又说，他们班的同学好优秀，但有各种类型。他是学习型、拼命型的。还有一种，是智慧型的，学得很轻松，但一样成绩好；跟女儿同寝室，还有一个女生，却是淡定型的，学习不急不躁，一样的成绩好。

为此陶永珍感慨，"选课走班"给了女儿机会，让她有选择的机会，可以选到自己心仪的老师，也可以跟各种类型的同学在一起，从同学的身上，找到学习的榜样，找出自己的短板，激发她不断努力。

但很快，陶永珍又把话题转入另一个方向，一个我十分在意的去处。

我们家长一直都觉得，娃娃在高中学习的过程中很辛苦，但是我发觉在这个过程中，她能够感受到快乐。真的，很快乐。

陶永珍说到，肖笛的行政班导师李中军，为了调动孩子们学习的积极性，也为了给他们减压，有一次考完试，请全班20多个同学出去吃饭。让娃娃们随便点。你们喜欢吃什么？奶茶，鸡腿，汉堡？随便点。

20多个同学，老师为了让他们开心，为了鼓励他们放松一下，全部都请了。还有一次考完试，李老师带他们，集体出去吃火锅。

陶永珍说，母女俩说话时，常常是女儿晚上回来，洗脚时，女儿把脚放在盆子里，她坐在一旁，跟女儿说话。

她经常回来跟我说老师的各种趣事。我觉得他们很多老师都是属于那种全身心地投入，李中军老师就是代表，他是很可爱的一个男老师。

陶永珍说：说到这儿我都不知道该说什么了，我就觉得她是从心里认同她的老师，也喜欢她的同学，喜欢他们的这个团队，她学习起来就很快乐。

我静静地听着，由她说，尽量不去打断她。我能够听出来，这个还有着女生性情的妈妈，她是真诚的，感动的。

其实娃娃看在眼里，对她的触动非常大。老师们全身心地对她，她不可能没有触动。

陶永珍说的是女儿在学习上，在学校的生活上，在整个人生的塑造上。

女儿的体育好，会弹钢琴，人善良，陶永珍很欣慰她能够拥有如此美好的一个女儿。

于是便说到作为妈妈，她自己的感受。

选课走班，娃娃要不停走，不停地从这个班到那个班，所以她会在早餐时，吃得很多。

高一高二时，女儿住校。高三时，陶永珍让女儿走读，每晚回家。回家来，第二天早上上学前，陶永珍会给女儿准备一份"爱心点心"。用一只小盒子，装起来，放进女儿的书包。里面装着切好的水果，或者她亲手做的蛋糕甜点之类：有时候是榴梿、蓝莓、黄帝柑……水果要好剥，还要换花样，有时候，她会亲自给女儿烤一只红薯，或者几粒土豆，再配上小牙签。

陶永珍说，每次给女儿做"爱心点心"时，她都觉得很幸福。同时她又觉得，女儿读书辛苦，她也帮不上忙，就该把后勤工作做好了，再多多陪她。

我就想保证她在走班时，走到最后一节课，肚子也不会饿。在陶永珍的眼里，好像走班是去扛石头修马路，是一件很累人的活。

但陶永珍心里是明了的：有时候我就想，给她做点心，与其说她需要，不如说是我需要。我得为她做点什么，否则我会很不安，很紧张。

对，紧张。陶永珍找准了自己的心结。

高中孩子的家长，有谁能够不紧张。高一、高二、高三……仿佛有一根橡皮筋，不断在拉，不断用力，越拉越紧，到了最后，已差不多到达极限，到达临界状态，再稍稍加点力，就会断裂。

陶永珍同样如此。她不可能例外。

是女儿在缓解她的紧张。

她看不出女儿的紧张。但她不信。她去看女儿，又怕影响女儿，悄悄地退去一边，不说话。忍不住时，趁着女儿洗漱时，又去问女儿：娃儿，妈妈有没有让你产生什么压力？女儿说，你就是太没有给我压力了，让我一点冲劲也没有。

但她不信。她去买回来健脑舒心口服液，以防万一。万一女儿睡不着，可以调节一下。

为了不给女儿压力，她竭力装出满不在乎的样子，女儿回家来，还在做作业，她先进屋睡了。可是躺在床上，闭着眼睛，她仍然能看见一切，听见一切：女儿在做作业，女儿开始洗漱了，女儿睡下了，女儿睡着了……

她睡着了，我还是睡不好。但我不想让她知道。反正我还是，觉得心里有什么梗着，好像还是有什么期望，仔细想想，又好像没什么期望。

我跟自己说，我要调整我自己……

最终，那些买回来的健脑舒心口服液，女儿没喝，全被她喝了。

可喜的是，书稿完成时，已是2021年7月，肖笛所在的2018级高考结束，考试成绩已经出来，肖笛考了632分，达到了她的预期。又过了十余天，收到肖笛妈妈陶永珍发来的微信：肖笛已经被浙江大学录取，录取通知书正在路上，即日即可到达。

## 深夜访客与随机分配

是从风声里听出他在北方。那种在空旷的平地刮起的风。跟在山里或在高楼间撞来撞去的风不一样。已经是五月，风声还带着凛冽之气，也跟四川的风不一样。问他在哪儿，他说他在西安，正在操场上走，想找一个安静的地方跟我说话。没想到风声比所有的喧闹更喧闹。

他的声音听上去十分含混。

他换了地方，去到楼梯的转角处。声音清晰起来。是极低沉的青年男子的声音。已少了青涩，多了磁性。他的冷静和理性也让我意外。

他叫刘金龙，棠湖中学高2015级学生，目前正在西安工程大学机电专业就读。

我们从"选课走班"最初开始聊起。

一开口，他就找准了一个词：试错。他说"选课走班"，就是一个试错的过程。很多的东西，都是一步一步摸索着走过来的，再渐渐走向正轨。

他是亲历者，他的评价冷静而客观。

他说到自己的经历。高二时，他选择了一个数学老师，大概是系统故障，公布时，却发现没有选上。当天晚上他从华阳打车赶去学校，深夜了，几个主任都在，他们还在加班。

他没有说是哪几个主任。但我从朱元根提供的材料上，看到了这个故事。

2017年春节，我们正在晚上加班编班排课，学生某某要求要到某某老师教学班，但我们电话联系告诉他不能满足要求；他说他到学校来，建军说让他别来了，我们下班了，然后我们继续工作，大约深夜两点，海波出去上洗手间，发现楼下有一个学生。他一个人从华阳打车到学校等着。

然而刘金龙用的语气却是格外平静。

当时学校专门成立了一个小组，几个主任在制订这个方案，该怎么选课，怎么调整，遇到问题由他们来解决。当时他们就在商量，很多课你都可以调。

但那天刘金龙并没有调到他要选的数学老师的教学班，因为数学老师的班额实在满额了。征求了刘金龙的意见，几个主任一起商量，为他推荐了另一个数学老师，得到刘金龙的认可。

很不错，我以前也上过他的课。刘金龙说。

意外的是，趁着那次深夜造访，刘金龙又跟几个主任一起，把自己所选的课都进行了一次"优化调整"。

当时因为是第一次，出现很多问题。第一次弄他们也不太清楚，后来提出的方案好像是先上一两周课，如果你对这个老师感觉不太适合，可以申请换另一个喜欢的老师。但我没有再换，因为那次我直接去找的时候，把所有的课都做了一个优化调整。

刘金龙还说到，在"选课走班"中，有一种在他看来很有意思的现象：当时在同学中，有一种争论，比如说物理老师，有的学生觉得某个物理老师讲得很好，有的学生又觉得这个物理老师不行，讲课的风格太严肃，另一位老师比较风趣。大家就开始争论。有的同学认为学习是一个很严肃的过程，应该一板一眼地学，有的同学觉得学习是一个快乐的过程，应该风趣一点，这样就形成了一个很大的分歧。

刘金龙说，两种风格的老师，他们的教学能力应该没有很大的区别，但反映到同学这里，就形成一个巨大的差异。这就彰显出"选课走班"的意义：那不是可以喜欢风趣的选风趣的，喜欢严肃的选严肃的嘛。

另有一种经历，刘金龙说，以前在传统的行政班时也不可能遇到：比如说，你喜欢一个数学老师，他在早上一二节上课，然后你喜欢另一个英语老师，他也是在这个时间段上课，你就不可能两个老师同时选，就要自己取舍。其实很多东西是没有办法两全的，只能选择一个最优的。只能寻求一个尽可能圆满的解，凡事都没有最好的解。

他认为这就是人生。选课的过程，也是体味人生，学会取舍，也是成长过程必须具备的能力。

他说到自己的选课经历。他特别喜欢生物课，就先去选了自己喜欢的生物老师，第二是物理……按这个次序选下去，选到最后，剩下是英语课。选英语老师时，你就只有那么一两个选择了。

刘金龙的成绩大多在A层。只有英语在B层。因为英语成绩相对较差，他把它放到最后选择。

但他最终长进大的，是英语成绩。

他说到自己英语成绩提升的经历。

英语差，因为在高一时，没认真学。

然后他向我详细讲述着自己的感受：在班上，我是属于中间这一段学生。你知道，在原来的教学班上，最差的和最好的，一定是受老师关注最多的，中间比较普通，反而容易被忽略。

高一时英语成绩比较差。到了高二，他遇上了"师生双选"。但实际上，因为他把英语科的重要性放在最后，他也就没有太大选择。他的英语老师，是由平台分配的。

他的英语老师叫黎玲。

去了黎玲老师的教学班，黎老师跟他谈过一次话，内容直接：你的其他科都不错，英语成绩不搞上去，会拖你的后腿。

那之后，黎老师把他叫去办公室，在她的办公桌旁，放着一张桌子，一只板凳。每天一有时间，刘金龙就去那里自学。不懂的，就问黎老师。

从高二下学期到高考，一年半的时间，刘金龙的英语成绩从90分，升到100，110……高考时，考了122分。

刘金龙说他自己很幸运，由平台分配，却撞上了黎玲老师。在我看来，选自己喜欢的老师很重要，但通过"选课走班"，让棠中的所有老师都成长，都提升，都敬业，都用心……这才是刘金龙感到幸运的根本原因。

他说高中三年，他的大多数同学对"选课走班"都持肯定态度：

我觉得大部分还是愿意的。因为"选课走班"后，班主任再不能像以前那样，我们的教室后面都有个窗户，窗户上突然就冒出一个头来。大家都去走班了，在不同的教室上课，班主任总不能够每一个教室去查看，这样反倒培养了学生独立自主学习的能力。

但也有一点遗憾。刘金龙说，到了高三，总感觉缺点什么。缺什么呢？我们讨论了半天，才明白，他说的是，缺点氛围。

像传统的教学班里，不变的教室，课桌上堆满了书。尤其是到了高三，那是一种氛围，是高三到来的标志。

现在大家一下课就走班去了，从一个教室走到另一个教室。书都背在包里。感觉上就少了点什么，没有那种学习压力很大，然后大家都感觉很紧张很压抑的氛围。

我便有些糊涂了。不知道他说的这种"氛围"，是好还是不好。他的回答很肯定：还是应该有点。

大家都比较轻松。本来这是好事，但有时候又觉得缺点什么。

他说的是，那种预料中的、人人熟悉的，以严酷和紧张构成的高三生活，始终没有到来。

但他们却用独特的方式表达着对高考的期待与重视。

教室背后有一个地方，贴着一张同学们手工制作的高考倒计时表。每天到教室最早的同学就上前去撕掉当天那张。有一些特别的数字，大家都抢着去撕。比如说，一些吉利的数字，88天，66天，等等。到高考临近，倒数第二天，只剩下最后一天了，就有同学抢着提前把最后一天撕下来，放进书包，收藏了起来。

大家都觉得那个同学很幸运，应该收藏。辛苦了那么多年，这是很有纪念意义的一个物件。

这个细节准确地反映出当时同学们的状态。既对高考重视，充满期待，又还不至于压抑到难以承受。同学们还能想着去抢撕倒计时，说明大家心态是放松的，轻快的，又有适度的紧张。

去了大学，刘金龙说，他的状态非常好：现在不是准备考研吗，然后每天都在学习。感觉就像是回到了高三的状态。

问他可有目标，准备考去哪里？他的回答也不含糊：有了，想考川大，想考回成都。

去外面待了，才感觉，还是四川好。刘金龙说。


正在读大一的林子暄，她考上了自己的目标学校：成都中医药大学。

高三之前，她就确定了自己的方向，圈了好几个中医药大学。但具体能去哪一个，要看高考成绩才能确定。成都中医药大学，是她圈定的几个学校中，比较满意的一个。

她的成绩是A层。各科都在A层。给人的印象，她是那种不急不躁的女孩。有目标，但是不十分焦虑。对准了目标走，就能到达目的地。

她说到自己两次选课的过程。

第一次是高一下学期。选课那天，她本来起床晚了，第一次选课也没有经验，拿起手机，随随便便就登录进去了。一分钟就完成了全部选课的过程。

她说第一次选课，太过瘾了。全部选到了自己喜欢的老师。她就是按顺序选，没说哪个老师非选上不可，没想选不上怎么办，也没有准备任何的备选方案。没有任何纠结。

她是棠湖中学选课走班的"大多数"。

但高二下学期，第二次选课时，她就想得多一些了。高三要到了，她也有了自己的目标大学和职业方向。她要考中医药大学，以后当中医。

没想到想得多时，反倒出了问题。

第二次选课时，她正跟妈妈在国外旅行。事先就想好了，到了国外，选课那天，先搁下旅行的事，选完之后再继续玩。

结果却出了意外。国外的网络，怎么也上不去。等到上去后，课程和老师都已经选完：大家都选完了，我才进到那个页面。基本上我已经没得老师选了，可想而知我当时的心情，非常糟糕。

回国之后，她的全部学科，都是随机分配的老师。

没有选到自己喜欢的老师，也没有能跟身边的好朋友一个班。陌生的环境和陌生的老师，让林子暄深感挫折：我不清楚那些老师的教学习惯，也不知道我身边的同学会怎么样，很沮丧。

但开学之后，当林子暄上了几节课后，再跟新的任课老师和同学们交流之后，她发现，其实也跟平时上课没太大的区别。

刚开始，就像以前上课的时候，任课老师有事了，临时找老师来给我们代课的那种感觉。林子暄说。

再继续上。上到后面她发现，这些老师里，也不乏很优秀的老师，他们都有自己的教学方法，只是以前自己没有接触过也没有听说过罢了：他可能不是特别有名，不是特级什么的，也没有那么多的同学喜欢选他们的课，但恰恰是这个老师，可能才是最适合我的。

她是安静的女孩，拥有冷静看待问题，不从众的心理素质。这是一种难得的能力。

这样的感觉，给了她很深的触动。她开始思考起许多问题来。

在没有选课走班之前，我没有想过这些，也不可能有机会遇到这种情况。是走班教学，给了我更多的选择机会，给了机会让我遇到更多的老师，让我可以去发现更适合自己的教学方式。我觉得这是很大的一个优点。

这次随机分配将她身边的同学也全部刷新了一遍：相当于完全脱开了自己原来的朋友圈，重新进入一个新的圈子。你会接触到更多跟你同层次的人，能从更多的同学身上学到他们的一些优秀的东西。我觉得这是选课走班带给我的一个印象比较好也比较深刻的地方。

由此也聊到当初：毕竟我们是从初中的那种传统教学模式过来的，到了高中，一下子接触到选课走班这种新形式，最开始挺不适应的。毕竟你要接触那么多人，你每到一个班跟你的同桌不认识，到了下一个班，又是不认识的人，而且每次都要背着很多书到处走。但事实上，我们都说，任何一样事情，它都是有利有弊的，如果从长远看，它肯定是利大于弊的。

小小年纪的林子暄，讲起话来慢条斯理，有条不紊。

好在我能够看清楚想清楚，我在高中这个阶段到底要做什么，我就是来学习的。林子暄说，用这种念头，她调整自己的心态，主动去适应这种改变。

但进入大学之后，她才真正意识到这种教学模式带给她的好处。

她的语言表述很特别，她说，学校的这种育人模式，让她到了大学，在很多方面，还在起作用，还可以帮到她。

她举例说明。进了大学，她现在是大一，她也参加了大学里的社团活动，加入两个部门：一个是勤工俭学部门，一个是学校分团委工作。在工作中，我跟同学们交流，跟学姐们交流，那些学姐们，她们都觉得我的工作能力要比同辈的其他同学强一些。但事实上我在高中时，并没有参加学生会工作，也没有担任班干部什么的。我在没有什么工作经历和经验的情况下，为什么到大学来会比别的同学更突出一些？

林子暄找出的原因是，她在上高中时接触面广，见识的同学多：我自己虽然没有做，但我看到了很多我的同辈，那些优秀的同学，他们是怎么做的。

林子暄怕我不够明白，又举例说明：比方说我们的语文课，老师会让我们在阅读之后，做展示、交流，也会请一些

985、211各种名牌大学很优秀的学兄学姐回来跟我们交流，当他们一边在放PPT，一边给我们讲述时，他们的思路，他们讲话的风格，他们的仪态语言等等，我看到了，我都会把它记下来，也就学到了他们的样子。

再比如说，我的语文班的同学，他不是我其他班的，也不是我导师班的同学，他只是我语文班的同学。如果我没有选课走班的话，我就没办法认识他，然后我就会少学很多东西。

还有到了大学，对时间的管理，保持自己的定力，对学习的规划……这些方面，林子暄认为，都是选课走班带给她的帮助。

聊到最后，林子暄还没有忘记给自己也给我们的话题做一个总结：我觉得选课走班从长远看，它是利大于弊的。利的话就体现在它可能对我们未来的学习是一种升华，对我们的工作能力有一种提升，让我们的见识有所增长。但它的弊端也是有的，动的概率太大了，很可能会给同学们的学习和生活带来更多杂音。在这种情况下，就需要我们尽可能地排除干扰，保持定力。这是对自己的一种考验，也是锻炼。

## 罗沁子的老师们

罗沁子是从峨眉山市来到棠湖中学读高中的。初中时，她就在那座名山之下的那个城市就读。因为成绩好，高中时，她和父母一起决定，要去教育资源更好的地方求学。

成都和绵阳进入了她的视线。但最终，她选择了成都。因为近，也因为是省会城市，资源和信息更多一些。

去棠湖中学前，她并不知道要选课走班。去了听说有这回事，她觉得挺好，下课就可以出去走走，不用一直待在教室里。每节课还有不同的老师和同学，比初中的固定班级好多了。

但事情并没有那么简单。高一第二学期，选课走班开始，她进了A+层，在张勇老师班上。高三时，因为成绩始终都处在末尾，她又去了普通班，到了王若彬老师班上。

她便一个一个向我讲述她的老师。

先是王若彬老师。

从A+层去到普通班，像从云端里落到地上。当时的罗沁子六神无主，茫然沮丧。王若彬老师找到她，跟她说，在我们班，你是备受重视的，会当作重点来培养。

这是表态，也是给她的一个定位。之后每一次考完试，王老师都会去找到她，跟她做一番交流。交流的内容，既阔大，又具体；既说学业，又说前景；既放眼全局，又落到眼前。

罗沁子的大学目标和职业取向，就在那一次次的交流中渐渐清晰起来。

他一直激励我。他先问我，想往哪方面发展。其实当时的我并没有太清晰的考虑。王老师就跟我说，我们国家，比如说芯片还不太行，然后发动机好像也不太行，这类方向国家肯定会大力扶持，很有前景。如果能读出来的话，就是骨干。又说哈工大其实挺好的。因为我以前参加过辩论，王老师又说，你口才挺好，你是不是可以考虑学法律？

罗沁子说，她还是喜欢理科。法律方向自然就不谈了。此外，又聊到许多可能，比如说，化工土木之类：我感觉很多专业我都不能接受，跟我的兴趣真的完全不同。然后就说到计算机。罗沁子觉得，计算机未来很有前途，而且，她也喜欢。

职业的取向就这样一步步清晰起来。方向有了，然后就回到眼前，回到成绩。计算机专业是所有专业中分数最高的：你想往哪方面发展，你要考到多少分？然后我就觉得我真的要考那么多分才行，不然我真的没办法接受后果。

罗沁子说，她开始重整旗鼓，一定要上一个台阶：反正他说了很多话，让我觉得我不是那么差。我可以往上考，我也必须往上考。

王若彬是她的行政班导师。在罗沁子的眼里，王老师为人豁达，眼界开阔。在王老师那里，她感觉到被关切，被呵护，被爱着。但更重要的，罗沁子说，发现问题时，他也一针见血，不留情面：我每次去找他之后，我可能都会哭一哭，然后我就觉得安定了很多。

王若彬是物理老师。接下来的罗沁子，物理成绩明显见长。

我从A+班出来的时候，物理只能考到80多分，一点一点增长，真的没过多久，我基本每次都考105分以上。我真的没想到。当时我就觉得物理挺恼火的。我真的没想到去了普通班之后，会很轻松，也没怎么刷题，就按照平时那样学习，慢慢就到了100多分。

英语老师也姓王，叫王金鑫。罗沁子说，王金鑫老师是她来到棠中后，第一个给她伸出"橄榄枝"的人。

那是刚来棠湖中学不久，与她从小到大在一起的闺密，她们一起来到棠中，却在两个星期之内闹起了绝交。加之年龄小，又在异地他乡，她感觉自己既孤单又无助。

班上组织的一次郊游活动，她去了。但所有人都一起走，她一个人，远远地落在后面。

王金鑫老师就是在那个时候，看了她一眼。那一眼，直到现在，罗沁子也无法去表述：她没有多说什么，也没跟我过多地表示亲密。但我知道她当时看我的眼神很不一样。不是那种同情的眼色，也不是看不起。其实我知道老师是有可能看不起学生的。但是我觉得我遇到的老师真的都很好，我真的感激一生。

那之后，王金鑫老师对她的关注越来越多，既会跟她说学习，也会跟她说一些与学习无关的事。让罗沁子觉得很贴心，很温暖。在棠湖中学上学，远离家和父母，她只能每个月回家一次。她说，她一直以为自己是比较孤僻的性格，但她同时也知道，其实不是，其实她非常渴望温暖，渴望关注。

后来王金鑫老师跟她说，她和她很像。她也曾有过这种孤僻和失落的经历。

而王老师上课，罗沁子说，她有一整套自己的教学方法，在笑谈之中，就把一节课上完了，很轻松。而罗沁子在上王老师的课时，感受到的，不光是轻松，还有亲切：我就觉得我心里面很舒服。她经常会逗我们笑，还会教我们一些道理，比如说话要在脑子里转三圈再说出口。因为我太心直口快了，经常得罪人。

还有数学老师张勇。离开A+班时，她感觉离开张勇老师肯定不行，她的数学成绩本来一般，只能考120多分。去到普通班之前，张勇老师知道她有这种担心，特别为她制订了学习计划。后来的张丽娟老师接手教她的数学，得知这个情况后，对她说，学习要靠自己，不能建立在依靠别人的基础上。不能说老师教才有自信，老师不教就没有自信了。不能这个样子。

还有化学老师徐艳。徐老师的化学教得很好。但罗沁子的化学，平均要比其他学科低十几分：化学在A+班时，我跟年级第一、第二都做过同桌，不知道为什么，我的成绩反而越来越差。他们都对我很好，也愿意给我讲题。但我感觉是不是产生了依赖还是为什么，总之成绩越来越差。后来到了A班，没跟前几名做同桌，我的成绩反而变好了。

还有生物的万启香老师，也教得挺好的，成绩也在上升。还有语文贺晓珍老师，也对她挺好。

但她说自己的语文成绩没什么可说的，就那样，不温不火的。

临近高考时，罗沁子说，她的状态非常好，每天按理说很累，但跟同学们在一起，在老师的关注下，每天说说笑笑的，一点都不觉得累。

正因为此，高考前夕，她的父母提出，想到棠中附近租房子照顾她，被她断然拒绝了。她对父母说，你们这样会给我很大压力，而且你们也照顾不了我，我还要每天来回走，反倒很麻烦。

高考时，她称自己是"超常发挥"：因为一诊二诊三诊，我都是在成都市排到8000名左右，在全省，估计应该是1万名。但是高考成绩下来，我在全省是2200多名，在成都排名应该是在2000以内。

而她具体的成绩：最头痛的物理，考了110分；最不擅长的语文，考了114分。而数学，她最担心觉得离开了张勇老师就会垮掉的数学成绩，考了148分。

最终，她以669分的成绩，考入华南理工大学计算机专业，八年学制，本硕博连读。

在她所在的华南理工大学计算机专业，与同校其他专业相比，录取分数高出10分以上。而她是以全班第二的高分进入其中的。进校刚一年时间，她已经加入了三个项目的研究工作。回望母校，罗沁子感慨万千。她说在棠湖中学掌握的学习方法，够她受用一生。

我便详细问她有哪些方法。她说太多了。我说，最核心的是什么？她说核心的话，有几点：

第一，23:30睡觉，不能再晚。然后早点起床。熬夜到一两点是不可取的，永远都不要这样做。

第二，不要每天只搞一科或者两科，这样你的大脑会很疲惫。你每天搞个4科，每科都刷一点，这样你的效率才会最高。每天只搞一科，你自认为要把它攻下来，其实根本就不是这样的。而且你一个轮回6科，你在复习这一科的时候，其他科早忘了。

第三，学习的毅力，很重要，要坚持下来，在没有人监督的时候，也能保持一种很好的学习状态。

然后就是做思维导图。罗沁子说，当时在学校时，她基本上是生物化学都要做思维导图：现在我无论看什么东西，看完之后我都有背着做一遍思维导图。这样我后来再看，后来复习时，我会觉得很轻松，能把它记得很好。

还有就是，要持之以恒。

对了，还有一点，很重要。罗沁子抬高了语调，用强调的语气，就是学习真的不是苦学。因为之前我在A+班的时候，刚开始，我一直觉得是看谁刻苦看谁认真，后来我发现不是这样的，我发现我们年级第一，他下课马上就开始玩，跟一群朋友玩得比谁都开心，然后吃饭，也从来没说节约时间不吃什么的。他有自己的规划，每天按规划做，做什么就很快。然后就跟一群朋友玩，玩得开心，学得又好，我觉得这才是正道。真的正道就是玩得好学得又好。

有关这一点，罗沁子似乎感受特别深刻，为此她展开来说：

那种反人类的孤军奋战，背水一战……我觉得是不能长久的。他很快就会弹尽粮绝。这是很有哲理的，因为背水一战本来就只能一战，你不能战几年，一直战下去。

所以我觉得，开心是一种至高无上的感觉，是必需品。你必须玩得开心才能学得开心。你玩得不开心就学不开心。而棠湖中学给我的那种学习的感觉，就是这样的一种感觉。

由此又延伸开去，说到初中，说到补课。她以自家弟弟为例，说弟弟在另一个地方读书，感觉他们那边就很压抑：反正不管你开不开心，你就一直学。

为此她很庆幸。她说初中时，她是勤奋努力的学生，但她也常常感觉管不住自己。而据她了解，初中的很多同学的好成绩，都是被补习班堆上去的，一有空闲就上补习班。她说假如她没选择棠中，假如她选择了其他的名校，哪怕是上了成都顶有名的学校，恐怕家里也要花很多钱让她上补习班。而在棠湖中学，她竟然不需要上补习班。棠湖中学她的那些同学们，也基本上都没有上过补习班，但成绩照样能搞上去。

说到棠中，我想，她这样一个在高中阶段起伏很大，甚至可以说遭受了某种挫折的女生，我便问她，回过头去，你怎么评价棠中？

她语气坚定，说得毫不含糊：棠湖中学，它入口的生源没那么好，但是它的出口特别棒。它能把一群不那么好的生源教到那么好，我觉得这很了不起，非常了不起。

## 张妮写给奉老师的信

张妮是奉红老师的学生。有天晚上，奉红收到已经毕业、正在川北医学院就读的学生张妮发来的一段文字。文字的开头很突兀：奉老师，我要表白棠中，虽然当时觉得很难受，但现在看来还真不错。真的有些事在眼界不够高时只看到它的弊端，选课走班的问卷中我们多次提到感觉同学关系很淡薄，现在上了大学才发现，提前适应了大学生活，懂得和更多的人交往……

奉老师是第二天早上在微信上看到这段文字的。后来的内容还有不少。完全算得上一封书信的体量。只是因为微信的交往太过方便，让它失去了书信往来的仪式感。她给奉老师谈到，进了大学以后，她才发现，高中三年，她受益多多。她发现大学里的选课跟她在高中时几乎一样，大学里的自习课也跟高中时的自习课一样，大学里的自我规划、自主安排时间、与不同的同学交往、不断地变换教室……从棠湖中学进入大学，一切都熟门熟路，让她感觉高中三年，像是专为了让她提前适应大学生活。因此她在大学里的学习状态好，人际关系也处理得非常好。

她还说，待她放假回来，她要约上几个同学，请奉老师吃饭。但奉老师没去吃她的饭，奉老师把她的心意收下了。

这封信让奉老师想了很多，也让他把选课走班的事再捋了一下：当时读了这些文字，我就在想，选课走班，虽然说有很多东西肯定有利有弊，但是能够在学生的成长过程中，让学生在高中就学会学习，养成良好的学习习惯，知道怎样去学，怎么去处理与周边的关系，绝对是终身受益的一个过程。

这封信也让奉老师想到另一个孩子的故事。孩子在高中时的成绩非常好，是属于那种填鸭式压榨式的教育。后来考进了复旦大学。因为高中的学习太苦太累，进大学后就放松了。第一学期期末时，差点挂4科，这才开始反省，觉得这样下去很危险。

在奉红看来，这是一种报复性反应：我们很多同学从初三开始就有这种心态。初三一年好辛苦，再加高中三年，到了大学，突然没人管了，很容易出现这种状况。

大学老师肯定不可能管你，你就是上课逃课，也没人管。我们应该从高中开始，培养学生自觉学习的习惯，自我管理的能力，不然的话他到了大学，又会经历一个很迷茫的时期。大学里面更轻松更自由，经常可以打游戏耍朋友，各种活动，不知不觉，他自己的学业就荒废了。

张雪梅老师也讲到类似的感受。她担任行政班导师的2016级A+班，学生考得很好，但有的学生上的学校不是特别好。从他们反馈回来的情况看，他们现在在学校发展得非常好。一个是考上华中科技大学的李怡，文科学的是法律专业，一学期之后，转去了金融专业。因为她是系里的第一名，自学能力非常强，便获得了转系的权利。另一个是考上北师大珠海校区的李新宇，第一学期就拿到了1万多元的国家奖学金。又在学校里参加比赛，拿到了二等奖。再一个是考上合肥工业大学英语专业的邓旭阳，全系第一名，正在争取直接保研到北外读研究生。

蔡果老师是2015级的文科班的行政班导师，这批学生2018年毕业，我到学校采访时，已经上大三了：这批孩子，尤其是在文科数学还优秀的情况下，他们很多人都选择了考研。目前来讲，我的文科学生里面选择的专业依然涉及数学的有14个，已经拿到了英语六级的有9个。

在蔡老师看来，学生的那种自我约束能力，是强于其他非走班制学生的一个重要特点。

关于自我管理能力，蔡老师再度强调：以前我们读书时，或者我们以前教学生，高三时，每年的6月6日，要毕业了，明天就要考试了，或者再往后一点，考完试了，我这些东西都没用了，以前的这种时候，从五楼四楼三楼……雪花花的那种解放，东西都从楼上往下扔。那种长期弹压之下，不可能选择的背景之下，总算解放了，那种报复性的举动，甚至把课本都撕了扔了，"天女散花"，必须用极端的方式才能发泄心里的压抑。

蔡老师文质彬彬，讲起话来语速缓慢，力度却藏在温和里。

但从搬到新校区之后，我没有看到一届学生有过这种举动。蔡果说。

高三结束，高考完成之后，你再联想到刚才我所说的，他们到大学中的自律这个问题，就该明白它的重要。所以，大学里面你还要继续深造，自律是前提。但凡在大学本科还要选择继续深造的，大一和大二一定不能是放纵过来的。

反之，高中受的压榨太深，都忙着弥补。我从来都没有自己做过选择，我从来都没有放纵一下。好多人到了大学，大一放纵，大二恋爱，大三想起来的时候，已经挂了两科了，就这样稀里糊涂混到大三大四。这个时候，你再想考研，已经不太可能了。

本科挂科，考研的可能性几乎没有。因为你的专业成绩决定了，你已经掉队了。从这点看，真要说选课走班的深远意义，落脚点应该在这里，那就是，调动了学生的自我管理意识、自我尊重意识，自主学习和持续学习的能力，而不是高中三年有一个好结果，有一个高考分数。

化学老师冷丹也说到一个例子。

她班上有一个年龄最小的学生，名叫唐愚慧。比班上的其他同学要小两岁。能够明显感觉他的心理年龄要小很多。后来他考上了西南财大，并对自己的未来有一个很明确的规划。

前段时间，唐愚慧在微信上跟冷丹说：冷姐，这段时间我觉得我有点废了，感觉自己没有认真读书。孩子说，他来找她说话，就是还想来听听她的教诲。

孩子似有些苦闷，像拿自己没办法，想从冷丹那里，获得点力量。

冷丹的回答很简单：你肯定还是要像你在高中一样，你在白自习的时候，老师也没有守到你们，你当时在干啥呢？还不是你自己在学习。你把这些习惯带进大学不就对了。

还有一点，冷丹说，你应该跟那些成绩好的约到一起去上白自习，相互有个促进，这样的话就不至于白天没课的时候天天跑去耍了。

唐愚慧被"冷姐"点化开悟：他不需要做更多，就跟高中上白自习一样，约束自己，正常地生活和学习，并养成习惯。调整之后的唐愚慧，走进图书馆不再难了，抱起书本去教室也不再难了。后来他跟冷丹说，他已经在准备考研，他是学会计专业的，还要去考证。他说冷姐我已经规划好了，我现在状态很好，每天都特别忙，特别充实。

就在我在棠湖中学采访那天，发生了一个特殊事件。对于成都的教育人来说，那是一个特殊的日子。那天深夜，冷丹接到学生黄卫（化名）发来的微信。微信上显示，发送时间为5月10日深夜1:23。黄卫在微信上说：我很感动，突然想起高中时，当时心情不好，你在办公室开导我……突然有点想你。然后是一个哭的表情。

　　深夜，用了两个"突然"，一个哭的表情。那是牵挂和思念的明证。一个学生，在深夜里，思念他的老师。这种情愫，已经有些陌生。

　　冷丹是第二天早上看到微信的。捧着手机，她立在屋里，心微微一颤。曾经，冷丹也如许多的老师一样，担心"选课走班"之后，跟学生见面的时间少了，跟"这些娃娃的感情会不会淡薄一些"？回头时，才发现，孩子们跟她的感情并不淡漠，反倒以一种更深更长的方式，绵延着，伸展着，如细线上的那枚风筝。

　　更为重要的是，孩子们知道自己想要什么，学会了自己承担自己的责任。这种成长是一种觉悟。冷丹说，在这个过程中，她自己也获得了成长，她自身的观念也获得了更新的机会。

# 第九章　小宇宙


## 机器人师徒


棠湖中学的选课走班渡过了阵痛期，步入了正轨，新的秩序建立。那是一种在更高海拔上筑起的轨道。由此带来了教学和管理全方位的改善与提升。但我们不能一一叙述，只能选取几个故事，来透视棠湖中学个性化教育的概貌。

机器人师徒的故事就是其一。

故事还得从那次去清华大学参加比赛说起。

那是2016年5月，胡冀威担任组长的"楚户小队"机器人7人小组，代表四川省前去参加在清华大学举办的国际青少年创新设计大赛中国区复赛。赛场高手林立。但最终，胡冀威小组以第一名的成绩荣获机器人项目全国一等奖。

荣誉并没有给胡冀威留下太深的印象。印象深的是清华大学的实验室。在北京比赛期间，胡冀威和他的小组成员使用的就是清华大学的实验室。回到家不久，他也有了一套自己的印刷电路板装备，相当于他在自己的家里拥有了一个实验室。

父母是小学教师。他们自然明白兴趣和特长对孩子的成长意味着什么，理解和支持是必需的。而他的指导老师江志，是棠湖中学机器人教学方面的专家，自2013年从西南大学计算机科学学院硕士研究生毕业后，一直在从事通用技术教学和各项科技赛事辅导。

2016年初，棠湖中学刚搬新校区不久，胡冀威从家里带来了一个新奇物，是他自己做的：空气质量监测仪。他要为新校区检测空气质量。

光照强度、温度、湿度、大气、大气压强、PM2.5、PM4……

老师和同学们的反应可想而知。就连指导老师江志也感到惊讶。他说，胡冀威初中时就在棠中读，他一直带着他和一群有兴趣的学生做机器人。他知道胡冀威对电子技术感兴趣，也时常给他讲，让他去了解哪些知识，哪些硬件，哪些软件……结果，他还当真搞出来了。

据棠湖中学创新实验室主任杨维国介绍，棠湖中学的机器人教育在同类学校中起步最早，从2006年起，就开设了机器人教育课程。2010年，又在初中和高中分别增设了通用技术课程。而机器人竞赛项目，一直都是棠中的强项，连续多年代表四川省参加全国大赛，并多次获得全国第一名的好成绩。

杨维国说，当初棠湖中学为什么会增设通用技术课程，就是因为回应"钱学森之问"。钱学森说，为什么中国培养不出创新型人才？重要的原因是，中国的孩子，动手能力差。

中国的学生，在义务教育阶段与国外同年龄的学生比，知识水平并不低，但动手能力的差距极为明显。而通用技术的开设，就是要为学生提供一个动手实践的机会。

开设通用技术课程，重在两个关键的层面：一是从设计层面。教材的名称为《技术与设计》，旨在培养学生从小发现问题、解决问题的能力，尤其是培养学生的创新设计能力。

杨维国举例说明：比如遇到一个问题，我怎样来解决，要设计出一个方案，要设计图纸来进行表达，然后对流程进行设计，对环节进行优化。

第二个层面，就是要动手去做，要去体验。

比如我要设计一个板凳，从需求开始，到设计图，到最后完成制作，做出一个成品来，要完整地体验整个设计制作的过程。

可能他制作的工艺不咋的，工艺依赖于学生动手实践所用的时间、所重复的次数，但这个不重要，重要的是经历这个过程。杨维国说。

随着国家对人才需求标准的变化以及高考政策的不断调整，棠湖中学的创新实践教育也做了相应的调整，以机器人教育为例，已实现了由点到面的转型。

为了让更多的学生参与到机器人教育的课程中来，2011年，棠湖中学成立了"青少年机器人开发与应用研究"课题，并申报了省级课题。随即开发出适合学生使用的一款基础版的教育机器人，并在省电教馆平台通过普及赛的项目形式，向全省推广。

在此基础上，棠湖中学开设了简易机器人设计与制作课程。

杨维国说，没有哪一个学校由老师自己开发制作的机器人，能够满足学生的教学使用；也没有哪一所学校利用这个设备，在全省平台上推广展示。因此，在机器人自主创新方面，我们走在全省前列。

创新实验课程建设，也是棠湖中学教学改革的重要组成部分，最终对接到4.0T课程体系的特创课程，分为三类：创新设计、创新制作、创新创业，并与电子科大、四川大学等高校联合建成了多个实验室。

棠湖中学已建成的创新实验室有：

创客工作室、手工制作室、木工制作室、3D打印实验室、模拟飞行实验室、MR创新实验室、无人机实验室、机器人实验室、电子技术实验室等。

据杨维国介绍，棠湖中学的学生在文化课学习之外，很喜欢创新实践课程，只要按照要求动手制作，都能够完整地完成一个作品。学校的各种实验室里，摆放着很多学生制作的好作品，但非常优秀的作品，并没有留在实验室，而是被学生带回家去，要自己保管。

学生们都很珍惜自己有过的这种经历和自己亲手制作的作品。

棠湖中学的创新实践纳入课程规划以来，已形成良性循环：让所有的学生都有参与创新实验的机会，在广泛的参与面的基础上，把非常具有特长的学生，重点培养，组织参赛，既保证了参赛成绩，也在更大范围内锻炼了学生的创新实验能力。

在这样的土壤和环境之下，胡冀威的成长与成才便是必然。

回到胡冀威的空气质量监测仪。

上高中后，江志依然是胡冀威的指导老师。江志说，胡冀威制作的空气质量监测仪，最厉害的是软硬件，里面涉及的相关知识，包括数据的采集、程序的编写，还租了腾讯的服务器发到网上，整套的流程，整套的流水线，全部得以实现。

这个是比较牛的。江志再度强调。

江志所在的办公室，是棠湖中学爱好电子技术的学生的聚集点。胡冀威在棠湖中学读书时，午饭后的时间，大多是在江志的办公室度过的。有一天，江志在与胡冀威讨论问题时，引起了比胡冀威低一届的学生李江帆的注意。

他凑过去，听江志与胡冀威在讨论什么。

又悄悄地问江老师：他在搞啥子？

　　江老师答，他在搞机器人方面的东西。

　　李江帆道，我也想学这些东西。

　　江志看看胡冀威，又看看李江帆，江志道，你带着他。是对胡冀威说的。又转过头，对李江帆道，你跟着他学。

　　随后又道，你在问问题之前，先去问他。他可以帮你解决的，就不要来问我。

　　这算是"收徒"，派头十足也牛气十足。事后江志说，他是对胡冀威有信心，也是为了节省时间成本。

　　那之后，两个孩子时常都在江志的办公室碰面。一人一台电脑。有时候各干各的，有时候两只脑袋又凑到了一起。

　　李江帆好问。胡冀威也相当耐心。两人同时都是江志的学生，竟形成了一种奇异的"师徒"与"师孙"的关系。

　　相当于他带了个徒弟娃儿，他们师兄师弟之间，实际上是师徒关系。结果，他还真把这个娃带出来了。江志说。

　　李江帆后来做出来很多作品。前期练手的有电磁炮、特斯拉线圈等。有一天，李江帆跟江志说，老师，我想变现，可不可以用这个挣点钱？江志说，可以。比如说大型文艺表演的时候，你可以控制电弧的造型，是不是就是一个很好的舞台效果？

　　李江帆果真在江志的指导之下，做出来两个特斯拉线圈。做第三个时，江志已不用参与，放手让他自己去做。

　　后来江志又带3D打印课题，李江帆跟着他学。但很快，李江帆就觉得没意思了。他跟江老师说，就学三维建模绘图，太简单了。

江志说：你觉得没兴趣，就把3D打印机拆了，然后你再造一台出来。

江志说，他是为了给李江帆增加难度，也是试一下他。没想到李江帆果真听进去了。他通过拆解3D打印机，再还原的过程，了解了每一个模块的构造与原理，最终，竟自己造出来一台。

这台由李江帆制作的3D打印机，至今还陈列在学校的3D实验室里，作为学生的创新实践成果的例证。据江志说，学校是用3000元将它回购回来的，而这台3D打印的材料成本，大约在2000元。3000元尽管不多，是对李江帆付出时间和心血的认可，也是对他的创新能力的肯定。而这些，是很难以金钱计算的。

如今这两个孩子，胡冀威本科考上了中国民航大学通信工程专业，硕士研究生在西安电子科技大学空间科学与技术学院电子信息专业就读。李江帆考上了中国航空大学飞行学院飞行技术专业，正在就读。他们的后期成长与职业生涯，都与当初在棠湖中学的创新实践学习有关。


## 拍古建筑的娃娃们

邵钰挺瘦挺斯文。她是棠湖中学高中部2016级学生。选择研究性学习课程时，她和她的五位同学一起，组成了一个特殊的课题小组：成都古建筑研究小组。

一天，她找到语文老师黄宇翔，请她担任课题小组的指导老师。黄老师很惊讶，也有些惶惑。她没有想到娃娃们会选择这样一个课题，也没有想到会找她担任指导老师。

棠湖中学的研究性学习课程，有常规课题200余个，分为科技创新实践类与社会学两大类。创新实践类，如前文所述的机器人、3D等课题，需要专业的老师指导。而社会类课题，大多则由各学科老师兼任指导老师，每个年级，有20到30位老师参与研究性学习指导。也有请外面的大学老师或大学生担任指导老师的，不拘一格，重在经历课题研究与实践的全过程，积累知识，增长见识。

棠湖中学的研究性学习课程开设较早，从新世纪初，国家层面提出新课改，要求开设研究性学习课程以来，从未间断。正如朱元根所言：一所真正优秀的学校，提供的课程，一定是多元化的、丰富多彩的。在高考的强压力下，我们做得不好，不如人意，但一直在努力……高考不考，但育人重要。

"选课走班"之后，棠湖中学的研究性学习课程得到了充实和加强。学校专门成立了研究性学习教研组。课题的确立，采取指导老师抛出与学生自己寻找两种方式。题材范围不限，以学生感兴趣作为课题确立的基本原则。每一届课题结束，举办课题成果的交流与展览。

研究性学习教研组长刘永兰讲到一个例子。就在2021年上半年，高一年级几个男生，有一个共同的爱好，喜欢收集球星。由球星注意到球星们脚上的鞋子，再由鞋子联想到同学们穿的鞋子，于是，一个新课题诞生了：棠湖中学的高中生，到底爱穿哪些品牌的鞋子？

随之的研究，涉及高中生的家庭背景、消费观念，再涉及设计理念、人体工程学、力学等等，既有社会学知识，又有科学知识。通过对鞋子的研究，好比一只望远镜，让孩子们望见了通常被忽略或者目力不及的众多层面。

研究性学习的意义在于，让学生在课堂和书本之外，从社会生活中选择题材，找到兴趣点，融会贯通，深入下去，从而拓展学习渠道，增长知识与见识。

朱元根也讲到他亲身经历的一个故事。

那是2002年，他刚调来棠湖中学不久，负责研究性学习课程。从整体设计，到规则设置、流程计划、制度管理……他经历了研究性学习课程开设的全过程。

之后，他带着班上的学生去做一个课题：双流度假村的现状及发展趋势研究。

全班同学分成几个小组，七八个人一组，像分蛋糕那样，以双流的几条主干道为轴心，分成几个片区，徒步考察，走访，搜集资料，整理数据……其间还经历了一些曲折。有一个小组，考察到中途，组员们对组长不满意，认为他组织协调能力不强，统率不了大家。在组员们的强烈要求之下，更换了组长。新选出的组长带领小组成员，继续考察。考察结束，各小组须写出结题报告，每个参与调研的学生，再写出心得和小论文。

朱元根说，这番经历让他对教育的认知和理解产生了很大影响。当时正是高一，同学们白天上课，晚上就去他的办公室写报告。

敲字，每天晚上都去，一直敲到天亮。天亮了，背起书包，又去上课。写出的结题报告，一共敲了三万多字。这说明他们对这样的课程很感兴趣，劲头很大。

影响一直持续到多年以后。后来，那个中途被选出来担任组长、深夜在他的办公室敲字的同学又回来了。他考上了川北医学院，毕业前夕，回到学校征求朱元根的意见。同学语气犹豫，状态却非常好。同学说，他现在就要毕业，面临着人生的两种选择：第一可以从事管理工作；第二可以走科研之路。

同学说，搞管理工作，他完全可以胜任。因为当年搞社会调查时，他担任过小组长，有过管理的经历。后来到了医学院，去县上搞防疫调研，他也是担任的组织工作，管理得很好。

搞科研呢，他也完全可以胜任。在大学时，他带着同学们出去调查，回去之后，所有人都不知道结题报告怎么写，只有他知道，因为，他经历过了。

由此朱元根感叹：经历重要，学生经历了这个过程，很重要，结果其实不重要。

　　高中阶段，是青少年通往成年的过渡时期，要把今天的学习与明天的职业打通，研究性学习课程是必不可少的渠道。研究性学习课程开设与否，也是检验一个学校是急功近利还是坚持办学理想的一个指标。

　　回到邵钰担任组长的"成都古建筑课题研究小组"。

　　黄宇翔老师说，当时她们来，八个女孩，一大堆围在她面前，都兴致勃勃的。弄得黄老师倒有些紧张了。这个课题我不是很擅长啊。她对女孩们说，我对建筑学也没有多少了解，顶多只能给你们一些文化方面的指导。

　　邵钰说得很真诚：没事的，老师，我们只是想请你为我们拿拿主意，掌掌舵，给我们一些指导。别的我们自己都能做。

　　确实，来找黄老师之前，女孩们已做好了充分准备，也配备了各类人才，并进行了分工。她们是：

　　组长：邵钰。组员：李洁、杨诗婕、杨思宇、段庆、刘宇涵、周雪莲、韩娇等。

　　其中刘宇涵、段庆、韩娇、杨思宇负责访谈调查，邵钰负责撰写开题文本，邵钰、周雪莲负责制作开题报告PPT，李洁、杨思宇负责撰写小报告。实地考察，则全组人员参加。

　　在说到为什么会以古建筑作为研究课题时，邵钰说，是因为受到林徽因的影响。高一的时候，她看了林徽因传，林徽因和梁思成都是搞建筑的，她也挺喜欢建筑学的，就想以后学建筑专业。家里的亲戚也有做这方面工作的，就产生了这个念头。然后跟几个兴趣爱好相投的同学，拟定了这个选题。

　　女孩们将自己的准备向黄宇翔老师一一汇报之后，黄老师见她们既诚恳又有想法，爽快地答应了。

　　课题研究首先是实地考察，采集素材。邵钰和她的小伙伴们因为学业繁忙，只能利用五一假期和暑假期间去做考察工作。

　　在成都实地考察时，她们去了锦里、宽窄巷子、文殊院、杜甫草堂、武侯祠、永陵、昭觉寺等地。

　　她们真的是自己做，劲头特别大，也特别认真。黄老师说。

　　课题研究从高一开始，到高二前的暑假结束。

　　快到结题时，娃娃们把东西都给我了。她们的成果。我当时看到，老实说，很惊艳。码得整整齐齐的，厚厚的一本，有建筑的概况，建筑的特点，建筑的历史底蕴分析，有她们实地考察时拍的照片，查阅的相关资料，等等。

　　最重要的一点，黄老师说，她们手绘出了所有考察的古建筑的整个木质框架，包括窗户的雕刻，一清二楚，非常精致。尽管那些东西看上去还比较稚嫩，但有一种怦怦跳动的心在里头，那是赤子之心。

　　时隔几年，黄老师仍然感慨不已。

　　我也曾看过那本手绘的画册。有每一个采集现场的简介，有走访图片，有手绘建筑构架图，有结题报告，最后还附上了调查日记。而手绘的部分，尤其精美。那是邵钰绘制的。邵钰说，她从小学开始学画画，有绘画的基础。

在手绘的成都宽窄巷子花窗图旁，女孩们用稚嫩的笔迹写道：

一道道门，一扇扇窗，同时又是一堵墙。

《辞海》里，墙的解释除了障壁以外，第二个解释便是门扇。这些墙，要么空灵剔透，要么薄如屏风，也许它们本来就是屏风，只不过是安放在建筑物的外围，故此唯有以"墙"视之。宋《营造法式》称，这些轻墙为槅扇（摘自《不只中国木建筑》）。

邵钰说，她们在课题确定之后，外出考察之前，做了大量的案头工作。考察结束，做课题梳理和结题报告时，又做了大量的功课。

她们是想通过"成都古建筑"的课题研究告诉人们：

面对很多正在消失的古建筑，我们要做的除了呼吁大家保护外，更多的是让大家看到它的美，同时我国古代劳动人民的智慧和勤劳勇敢的精神，也值得我们尊敬与学习。让我们为自己是炎黄子孙而感到自豪。

每一届的研究性学习课题研究结束，棠湖中学都会以学校的名义，举行研究性学习成果展览。在那一届的展览现场，邵钰和她的小伙伴们可谓出尽了风头。手绘的木质建筑结构图被做成了展板，放在校门前的广场上。同学和老师们围在展板前，一拨离去，一拨又至。女孩们做出的PPT，在学术厅的大屏幕上播放。邵钰也站上了学术厅的讲台，讲述她们考察研究过程中，那些鲜为人知的故事。

后来，黄宇翔老师还把女孩们有关古建筑的调查日记，推荐到棠湖中学的校园文学杂志《春晓》编辑部，《春晓》为他们开辟专栏，进行发表。而《春晓》杂志，每一期，都会寄至全国各地的棠中学子手中。这些拍古建筑的娃娃，她们的故事，她们的这段特殊的经历，也因此与更多的人分享。

从高一到高二，课题研究的时间十分有限。到了高三，孩子就得迎战高考。但这段经历，让他们找到了兴趣所在，经历了课题研究的全过程。

邵钰后来对自己的职业方向很清晰，她要学建筑专业，目标是重庆大学建筑系。她还参加了重庆大学的自主招生。但最后高考成绩出来，因为分数有差距，未能如愿。最终她考取了哈尔滨医科大学药学专业。

但她说，尽管她没能学成建筑专业，她也很喜欢现在的药学专业，但曾经的经历，对古建筑的喜爱，会伴随她一生，也让她受益终身。

黄宇翔老师却从另一个侧面来表述这个观点：这些娃娃，他们在学科的学习上可能不是很优秀，但在这种研究性学习中，他能够找到兴趣，能够展现出个人的天赋，又经历过这样的过程，即使本科考得不理想，但读研究生读博的后劲很足，他们的职业前景，很值得期待。

就算邵钰没有搞专业，但她找到人生喜欢的事物。她这一辈子，只要是看到古建筑就会很在意。她有一个明显的特长，有心中所爱，她的人生从此与众不同。

而邵钰的另外几位小伙伴，一位考取了中国政法大学翻译专业，另一位考取了四川农业大学园林设计专业。

便想起来朱元根的话：一个成功的人，一定是与自己的天赋特长相吻合的人，对自我有清晰认知的人。相反，一个到了二十岁、三十岁、四十岁还在迷茫的人，注定了不可能走远。而教育，就是要向孩子提供多种选择，让他们在做的过程中，发现目标，不懈追求。

## "模联"社长的成长足迹

黄涵逊是棠湖中学首届"模拟联合国"社团社长。他来到棠中读高中时，正遇上棠湖中学搬迁新校区，正遇上选课走班，也正遇上棠湖中学的社团工作要上一个新台阶。

校团委副书记、负责学生会及社团工作的朱帅老师介绍说，棠湖中学的社团工作，从很多年前就开始了。但从2016年起，学校下决心要把社团工作做大做强，开始成系统成规模地做。先从组织构架着手，从高一到高三，分别配备了戴笑梅、夏爽、全建波、罗晗等青年教师兼任校团委干部；再用走出去请进来的办法，跑遍了成都周边的各名牌大学，引进资源，让大学的文化渗透到学校来。

学校要求所有新入校的学生，必须选择一项社团课。如今棠湖中学有各类社团51个，分为学术性社团和创新类社团以及常规性社团。指导老师则源于两大类，第一是校内老师兼任，更大一部分是聘请在校大学生或大学老师担任。

在校大学生有电子科大、川大、西南民大、成都中医药大学、成都体院等——基本上周边大学的大学生，都被请来棠湖中学担任社团的指导老师。

大学老师则主要来自电子科大，指导创新实验社团的学生开展活动。

打造特色社团，是做大做强社团工作的又一重点。特色社团分为几大类，如模联、辩论，朗诵、春铃通讯社，等等。

在朱帅看来，各社团的社长，就相当于一个公司的老总：比如说，我是51个社团其中一个社长，我要去运营我这个社团，就需要具备组织能力，就要去吸纳更多的会员加入我这个社团，就要对这个"公司"进行品牌打造，进行宣传，落实常规工作，组织平时的活动等，构建自己的吸引力。同时，还要把社团的一些优良传统传承下去。

黄涵逊就是在学校公开招募"模联"社长时脱颖而出。

黄涵逊上初中时，在著名的成都七中就读，也是在初中阶段，他参加了"模联"社团。来到棠湖中学上高一，得知学校要组建"模联"社团，招聘社长，他自然前去应聘。

他说，当时因为是新兴社团，好多同学还不太熟悉，所以竟聘社长的人并不多，只有两三个。但面试的过程十分严格，既有常识性的，也有专业性的。由老师们组成考核阵容。

他自然顺利入选，成为棠湖中学第一届"模联"社长。

随后，他开始招聘社团成员。

一下子来了好多人，六七十个。如此众多的报名者，黄涵逊该如何进行面试？

但黄涵逊很沉着。面试的提问，分为两大类：第一，一些常识性的问题。比如说，你对当前时局有些什么见解和分析？第二，参加"模联"社团，你有什么诉求，为什么想加入咱们的社团，或者说，你想从"模联"社团的活动中，得到什么？

此外，还有言谈举止，行为着装。

在"模拟联合国"，你要代表你的国家，针对世界上的某个重要问题进行讨论磋商，你要去跟各国的政要打交道，有些国际交往中的规范和要求，必须严格。

面试结果，有二十人被录取，成为"模联"社团成员。

然而，矛盾很快出现。黄涵逊的妈妈不愿意让孩子参加社团活动，尤其不愿意让他担任社长。

理由很简单，怕耽误孩子学习。

黄涵逊自己也说：确实是这样。当时我花在这上面的时间挺多的，因为我们是第一次组建嘛，我们就类似创始人之类。

工作很多，他当时的野心又很大，想把"模联"社团做大做强。他带领社团成员一起，去跟成都的另一些名校接洽，参加他们的"模拟联合国大会"，也邀请他们来学校参加大会。

"模联"大会每年至少举办一次，有时是一年两次，上半年一次，下半年一次。平常每周有例会，例会时，拟定一些议题，供大家讨论，听取大家的不同观点。有安理会议题，有APEC议题，有叙利亚战局议题……

指导老师是西南民族大学的在校大学生：他会教我们如何开好一个会，开会前做哪些准备，开会时发言应该注意些什么，怎么去思考问题等。

学习成绩是否受到了影响，黄涵逊未能确定。而据朱帅老师说，有一阵子，黄涵逊的成绩确实不如人意。因此妈妈的担心不无道理。

如何解决这一矛盾？

后来黄涵逊高考结束，在尚未拿到录取通知书之前，黄涵逊的妈妈朱雪梅便写下了一篇长长的文章：《感恩遇见》，从中我们似可看出妈妈态度改变的部分原因。

那是一篇朴实而诚恳的文章。感情真挚，却颇有节制，毫不夸张。

高考的帷幕已拉下，接下来又是填志愿的时刻。不管孩子考得怎么样，以后走向什么样的未来，回首三年的棠中生活，作为一个孩子的母亲，我想对棠中的老师们说，感谢，感恩遇见。

我家孩子是一个阳光又有点调皮的孩子。虽然一心向上，想好好学习，却又是一个喜欢玩，自控力不强的孩子。高一入学分到谢敏老师的班上。谢敏老师宽松的氛围让孩子很开心，但自控能力不强又导致他把玩放在首位，成绩的下滑让他自我反思。高二重新选导师班，他说一定要选一个严格的老师来约束他，所以选了以严格出名的张桂平老师。张老师果然严格，数学也教得很好，可有些散漫的孩子很怵他，以至于连问题都不敢问。我几次开导，效果一般。

一晃就到了高三，突然通知，班主任由刘超老师接任。全班家长、学生哗然。班主任是一个班的灵魂，是一群战士的领导者，马上高三上战场了，突然换了班主任，相当于临阵换将，我相信，所有的家长和我一样忐忑不安。但刘超老师很快用他的睿智幽默统领了27班的孩子们，他一改严肃的班风，树立活泼愉快的氛围，全班同学都快速喜欢上了他。刚开始大家还小心翼翼叫刘老师，不久都大呼小叫"超哥超哥"。

黄涵逊的妈妈在文中讲了好几个小故事。

有一天，黄涵逊回家来跟妈妈说：这次的数学考试，他终于把握住时间了，会做的都做了。这么简单的问题，为什么会从黄涵逊的口中出来？原来黄涵逊一直以为，他与数学"专业不对口"，经常被一道题卡住，想几十分钟，再往下看，时间来不及，看到别人翻卷子做到末尾，心一慌，会做的也不会做了。下次考试，想咸鱼翻身，于是又是一番循环。妈妈说，她做过很多次开导，但收效甚微。

因此妈妈问他：这次怎么做到的呢？

黄涵逊说，还不是超哥，考前跟我们聊天。

怎么聊？

超哥说，你做不起走，你就跳过，你看到别人翻卷子，你不要慌，他都是做不起才往后面翻的。如果你气不过，你也翻卷子。只是要记着还要翻回来再做。不会做的你就蒙，不要慌，你蒙了五道题，别人肯定蒙了八道题，别人蒙的全错，你蒙的五道全对……

这就是超哥。轻松幽默愉快，效果立竿见影。

而考试后，超哥的调侃更搞笑。有次黄涵逊考得较好，超哥说：黄总，你这次手气有点好哇？起码蒙对了一百分吧。

另一次，黄涵逊和同学上晚自习时说话，被超哥逮住了。超哥批评他俩：

你两个还有时间说闲话吗？

黄涵逊说，我们没有说闲话，我们在讨论我们未来的就业方向。

超哥说，说嘛，你两个，一个在棠中门口卖冰粉儿，一个卖凉粉儿哇！

超哥的幽默，让两个娃娃赶紧认真复习起来。

妈妈说，黄涵逊回家来，超哥长超哥短，尽讲超哥的趣事。末了还忍不住说：他都三十九岁了呀，有两个娃儿了。妈妈笑答：他幽默有趣跟年龄无关，你爸四十多了还不是搞笑。儿子立马道，不，不，他和爸爸的搞笑不一样，他更搞笑，更了解我们。

为此妈妈感慨：如此急于纠正，如此这般地袒护老师甚于自己的父亲，这要多喜欢他们的老师才可能做到啊？

黄涵逊的妈妈说，作为母亲，我从孩子的点滴诉说中知道了这么多温暖的故事。我相信，我们27班的孩子们感受比我更多。又何止刘超老师一个人呢？认真负责，教学经验丰富的张雪梅老师，总是耐心解答孩子们的疑问；年轻的汤芸老师，既严格又不失活泼；沉稳的付民老师总是把自己多年积累的知识缓缓灌输给孩子们……黄涵逊说，一直记得蒋洋发老师的鼓励，谢敏老师苦口婆心的开导，连后来不教自己政治的孟霞老师还给他找复习资料……

有这样的一群老师在为黄涵逊的学业成绩付出努力，可以想象，黄涵逊的成绩尽管一度下滑，但最终并没有落下。而另一边，黄涵逊在"模联"工作中也在不断成长。朱帅老师讲到一个细节。

孩子的妈妈不让黄涵逊参加，担心影响学习。但我们第一次举行"模联大会"时，孩子们在台上，他是"模联"社长，是主要的发言人。朱帅立在一旁，为黄涵逊拍下了视频，发给黄涵逊的导师，再由导师发给了孩子的妈妈。

妈妈捧着视频。视频里的孩子，西装革履，面容沉着，步伐坚定。

那是"模联大会"上的黄涵逊，又是她十分熟悉的儿子。后来的黄涵逊，考上了中国政法大学。他说，"模联"社团的这段经历，对他的影响非常大。一是表达能力的提升，二是学会了多角度看问题，不轻易评断对与错。

他特别向我解释：比如说，你去开一个会，你代表的是不同国家，比如说针对叙利亚的问题，你可能代表的是美国，也可能代表的是叙利亚，也可能是俄罗斯。你从不同的立场切入，你会发现得出的结论完全不同。不能简单地去说谁对谁错。这就让我在面对一个问题时，学会了从多个角度去观察，去思考，学会了辩证地去看问题。而这一点，对我以后从事法律工作，非常有帮助。

黄涵逊说，"模联"的那段经历，会让他受益终身。

## 小作家群与特长班

万亿无疑是优秀的、极具天赋的小作家。12岁，他出版了长篇小说《暖雪》《十三岁花季》等，是当时中国校园作家的代表之一。可万亿说，他自己并不是优秀到"哪儿都能去的角色"。十六岁，初中毕业，去哪里读高中成为万亿的一个难题。

他的数学仅考了三十多分，英语也拖着他的"后腿"。以他当时的中考成绩，想上名校难度极大。

但刘凯把他特招到了棠湖中学。

"尊重差异，因材施教"，是棠湖中学的办学理念。还有句大白话更直接：棠湖中学就是要"帮助每一位师生走向成功"。自然，他们也绝不会放弃万亿这样的特长生。

据棠湖中学行政办主任任飞扬介绍：万亿是2013年初中毕业，他当年的中考成绩距离我们的录取线差100多分，但他的写作比较突出。刘校长当时就觉得好，破格招录了他。而且还给他做了很多工作才招来的。

万亿到了棠湖中学，他始终都在校长刘凯的视线之内。"因材施教"，特殊的人才特殊对待。对万亿的培养分两条线：一是文化课补习。万亿偏科厉害，刘凯吩咐，找老师给他补课，补数学。数学老师补过了一阵之后，说，算了，你不要补了，能做就做，不能做干脆别做了。数学老师的意思，别看他上课时很认真的样子，其实他根本就没有听进去。

他在想什么呢？

那段时间，万亿人在学校，心思却在满世界飞扬。各地的报纸杂志都在向他约稿，《演讲与口才》《意林》《课堂内外》《高中生之友》等。

他的时间和心思，都用在写稿上了。

万亿的父亲万千说：很多的时候，他都在写稿。在学校写，回家来也写。我们也不太管他，随便他吧。

数学没能补起来。但另一方面，成果却在不断出来。高一时，万亿的另一部长篇小说《我在成都等你》出版，棠湖中学以学校的名义为他举办新书发布会，请来了四川省作协领导以及许多的知名作家到场。说到那次发布会的盛况，万亿的父亲至今难忘：当时除了阿来主席在北京参加"两会"，省作家协会在家的领导都来了。搞了好几场推广会，刘校长亲自张罗。后来又由学校出资，给他拍微电影。拍出的微电影《呼唤》荣获第六届国际微电影节入围奖。

那之后，棠湖中学又请来了被孩子们称为"童书皇后"的著名儿童文学作家杨红樱，与热爱文学的孩子们面对面交流。演讲现场，许多都是杨红樱的读者，孩子们对文学的热爱被空前地激发出来。

也就是在那时候，棠湖中学萌生出念头：创办小作家特长班。

那时候万亿正在学校，万亿的许多"粉丝"就在身边，加之又受到杨红樱的激励，棠湖中学创办小作家班的土壤已经具备。

小作家班于2017年11月正式创办。由四川省教育厅、四川省作家协会与棠湖中学联合兴办，全称为"四川省青少年作家班"。在全省范围内，招录和选拔有写作特长的学生进行培养。

小作家成员常年保持在100名左右，分布在初、高中6个年级的几十个教学班里。小作家班不采用单列班级的授课方式，注重兴趣培养，每周固定时间，由固定的老师进行指导。定期不定期邀请作家及专业人士为小作家们举办讲座。近年来，除杨红樱外，还先后邀请了中国作家协会副主席、著名作家叶辛，安徽省作协副主席胡竹峰等到校授课或举办讲座，对学生进行面对面指导。

棠湖中学校长刘凯有个观点：写作、表达、表演……是人生重要的几种能力，我们把每一个学生的这几种能力培养好了，不管将来在任何一个单位，任何一个岗位，任何一个专业，都能够发展得很好。

土壤肥沃，种子优良，加上阳光照耀，雨露滋润，种子必定会生根发芽，苗壮成长。几年过去，棠湖中学培养出一个令人瞩目的小作家群，且小作家人才呈源源不断态势，形成了少见的"校园写作现象"。

目前，棠湖中学办有校刊《春晓》、小说杂志《时光》、诗刊《燎原》、通讯杂志《大棠人物》、校报《棠中校园报》等12种刊物，在同类学校中，办刊质量与数量均居全国领先地位。棠湖文学社先后被中国教育学会授予"全国优秀中学生文学社团百家""全国中学生文学社团活动示范单位"等荣誉称号，棠湖中学被命名为"中学生文学社团活动课题研究基地""四川省作家协会文学新苗培养基地"和"巴金文学院写作基地"。同时，学校与四川省作家协会共建的"四川省青少年作家班"，已培养出除万亿之外的另一个小作家群，其中吴佩芹、余蔚颖、林城宇被评为"四川省十佳青少年作家"；胡馨、孙澜僖、张欣、肖雯文等数十名学生已公开出版小说、诗歌等作品集。

除却小作家特长班外，棠湖中学还创办了女足特长班与海航班。

棠湖中学的女足运动历史悠久。自创办之初，就成立了女子足球队，并保留至今，成为棠湖中学的传统优势项目。学校有足球场4个，有专职足球教师3人。

在探索个性化教育的途中，棠湖中学创建出"体教结合育人模式"，培养了一大批女足人才。棠湖中学的女足队参加省市及全国比赛，多次夺冠，取得过无数荣誉，并先后为国家队、国青队、四川队、八一队、江苏队等球队，输送了大批球员。仅为国家队就输送了7名队员，其中肖珍、吴晓容等随国家队出赛，获得奥运会亚军。棠湖中学则被亚足联主席维拉潘先生称赞为"体教结合的典范"。

2019年，棠湖中学引入国家级项目，成立了全国唯一的"U15中青女足班"，为中国足协、成都市足协、双流区教体部门的共建项目。"U15中青女足班"采用单独编班模式，配有专职班主任、后勤专职管理教师，单独编排课程，保证学生在训练的同时，文化课学习不受影响。

在"U15中青女足班"开班仪式上，棠湖中学校长刘凯说：棠湖中学足球氛围浓厚，女足发展历史悠久，校方将竭尽所能，做好保障工作，让女足成为棠湖中学的一张新名片，并通过这种体教结合模式，探索出一种培养体育人才的特殊路径。

"海航班"是棠湖中学引进的另一个国家级培养人才项目。

2019年，国家教育部会同中国海军，在全国范围内遴选了14所优质普通高中设立"海军青少年航空学校"。凭借先进的教育理念、雄厚的师资力量以及显著的办学业绩，棠湖中学顺利入选，成为四川省唯一的"海军青少年航空学校"，肩负起海军飞行人才早期培养的重任。

棠湖中学海航班实行单独编班，模拟营连管理模式，统一着装，集中管理。学校成立了专职管理机构负责学生日常管理。文化课学习在按照《国家课程标准》实施教学课程的同时，增设国防教育、军事体育、心理训练、航空理论、海军知识、飞行训练等海军航空特色的教育训练内容。师资配备则由责任心强、业务精湛的优秀教师担任海航班班主任与任课教师。再由海军部队选派相关专家和教员定期到校进行国防教育和训练辅导。

海航班自2019年开办以来，目前已招收3批学员。每年限额50人。每到招生季节，全省各地有近千名考生前来报考。目前暂无出口。但在2020年11月，由海军招飞办和海军航空大学主办的"志在海天，逐梦深蓝"海军青少年航校模拟飞行大赛中，棠湖中学海航班学员夺得"五金一银"，并以绝对优势荣膺"团体总冠军"。其中，游智杰以绝对优势打破Su-27超低空花式竞速赛纪录。

# 第十章　千万双眼睛盯着棠中

## 专家护航

棠湖中学的选课走班改革尚未启动之前，四川省教科院的专家们就提前介入了。

回忆起当初的情形，四川省教育科学院院长、著名教育家刘涛说：

刘凯这个人，很乐意跟我们教科院打交道。每年他都来若干次，有了困惑，有了麻烦的问题，有关国家办学方向上的一些把握，他都会跑来，让我们从专业的角度，用全国乃至国际范围的视野，为他做一些支撑。选课走班之前，他就跟我说，他们有这个打算，但还有点徘徊，有点拿不准。我从职业敏感和这么多年对高考的研究来看，我说这个事情可以做大胆的尝试，我支持他们做这个事，很爽快地支持。当时我就表态，我会调动我们教科院的力量去支持他，用我们各学科的专业教学去支撑它。

2016年3月，棠湖中学选课走班刚启动不久，刘涛果真就带着省教科院的专家们来了。此来是进行专题调研。随行的有省教科院副院长刘建国、董洪丹以及各学科教研员段增勇、吴中林等十余人。专家们来到学校，进教室、听汇报，与老师们进行深度座谈。在充分了解情况的基础上，对棠湖中学在走班教学中的软件设置、管理配套、教学研讨等各个方面，给出了意见和建议。

刘涛说，省教科院作为专业的教育研究机构，把握未来教育的方向，是他们的职责。当时他们也正在寻找案例，想通过试点、试水的方式，找出例证，做出教育发展的格局来，让人既可以触摸，又可以看见。

刘涛说，任何的改革，从来都会有反对的声音。在刘涛看来这很正常：我们省教科院做了很多大的项目，最先总是有很多人反对，但后来也都跟上来了。

"试点"往往就意味着逆水行舟，在怀疑和反对声中前行。因此刘涛认为，作为专业的教育研究机构，他们有责任支持棠湖中学的改革，为他们的改革提供专业支撑，为他们的改革保驾护航，并把它做成全省乃至西部地区的改革试点样板。

2017—2018年，在省教科院的强力支持下，四川省新高考"选课走班"经验交流暨校长培训会议两度在棠湖中学举行。来自全省各地的市（州）教育局分管领导、基教科（处）长、教科所所长、示范性普通高中校长和"选课走班"试点学校校长共计两百余人，参加了会议。

两次会议，刘涛都亲自上阵，做专题学术报告。涉及的内容既专业又宽阔，既宏观又微观：高中教育的改革方向，教学的高度及要求，因材施教的实现，高考制度改革的三大目标，强基计划、特殊人才，怎样把每个学生的"长板"搭建起来，让他们走出去时力量大增……

让学生"全面而有个性地发展"，是新一轮课改的总体目标。对于棠湖中学的选课走班模式，刘涛表示高度认同。他称棠中的选课走班为"深度走班"模式。在他看来，这种"深度走班"模式，因其惠及各个层次的学生，具有很好的推广价值。

刘涛说，按照多元治理理论的构架来看，不同的人，他的个性化发展、智力特长各有不同。即使是一个很普通的人，你真正去了解他后，去分析他、研究他，都会发现，他在某一个方面肯定有所见长。理论和实践都告诉我们，即使是一些弱智学生，他在某一个方面短缺，在另一方面就可能具有优势。而原有的大一统的教学办法，很难满足不同学生的不同需求。棠湖中学的选课走班，探索的是在不择生源的情况下，找到学生的特长，满足学生的需求，这是真正的因材施教，是教育回归本质的实践。

因为从本质上讲，学生的需求，都是个性化的。

刘涛进一步阐述：我们以前的教学，一般针对的是中上水平。大面积的课堂教学只有中上一个层次，因此"吃不饱"和"跟不上"成为普遍现象。而棠湖中学的"深度走班"模式，把教学的针对性加强了，各有各的层次，各有标高，惠及大多数的中下层学生，是很科学的教学做法。

四川省教科院副院长、英语学科专家董洪丹，是两次现场会的具体操办者。他站在省教科院和教育专家的角度，对棠湖中学的改革表示赞赏。他说棠湖中学的选课走班，对四川全省而言具有创新性和带头作用。尽管"选课走班"是国家的要求，是国家层面在推动，外面的省市也在搞了，但四川是教育大省，需要先实践。如果没有实践，其他省的经验即使拿过来，也没法落地。因此从这点看，棠湖中学的改变具有非常重要的价值。

第二，董洪丹认为，棠湖中学的"师生双选"是神来之笔。他从管理的角度来看待这个问题。

众所周知，公办学校的教师，属于体制内的人，而体制内的教师往往很难驾驭。如果教师能力不强，不能淘汰，顶多只能转岗，而转岗太多，又影响教学。棠湖中学很好地利用教学改革机会，引入竞争机制，把"选课走班"的应用范围升华到了人事管理的层面。

为此董洪丹在全省的两次现场会上也特别点评了这一点：

它的关键在哪儿？在于让学生来选，让学生说话。原来有些老师上得不好的，校长没办法，你给他安少点课还是不给他安课，他绝对找你闹，闹得很凶。现在学生不选老师，老师也没办法。这就倒逼老师不努力不行，逼着他提高。

在棠湖中学举行的两次全省范围内的现场研讨会，侧重点不同，解决的问题也不一样：第一次会议，研讨"选课走班"怎么选，怎么做的问题。第二次会议，研讨在"选课走班"的形式下，学校管理如何改革，如何配套。

两次会议上，刘涛说，把棠湖中学作为"试水区"和样板推了出去，既是表明态度，也起到了引领作用。

现场会时，刘涛和省教科院的专家们带着大家去看现场，去感受："选课走班"怎么走，怎么管理，看看这里的学生是不是像他们想象的那样，乱得不可收拾？是不是老师大多数找不到活干？不是这样的。所以选课走班在西部，包括我们四川，改革的力度太弱了，步子迈得太慢。

而棠湖中学的意义在于，它在西部地区，在生源条件、办学条件很普通的情况下，为西部地区深化教学改革、深化高中的"选课走班"，试了水，蹚出了一条路径。

刘涛说：他们带了这个好头，用实践证明了，我们的改革一直在推动，而且是正确的成功的。从严格意义上说，四川真正最大的教学改革，就是这所学校。

两次现场会后，棠湖中学的影响迅速扩大，四川全省乃至全国各地去往棠湖中学考察学习的学校和单位络绎不绝。棠湖中学的"深度走班"模式受到教育部的重视。2020年，经过教育部的严格考察与筛选，棠湖中学被评为国家级课改示范学校。

# 巡回演讲

棠湖中学的"选课走班"，仿佛深山里淌出的一条溪流，鲜活、勇猛，没有路径，只有坚定的流淌方向。曲折和艰难命中注定。

流淌途中，沿途都是眼睛。有人怀疑，有人旁观，有人跃跃欲试，直至认同和赞赏，直至加入进来，汇成江海。

棠湖中学的"选课走班"，从启动的第二周起，就有学校前来考察。其中的两所学校，就在成都附近，离棠湖中学不到一百公里路程。

前来考察时，所有的班子成员都来了。考察的过程详尽仔细，不放过任何一个细节：学生会不会乱？课表怎么排？教室怎么安排？师资怎么调配？……内行看内行，好比火眼金睛。而当时的棠湖中学，走班的仅有高一年级，走班之初，千头万绪，手忙脚乱。很难想象当时的考察者们在棠湖中学看到些什么，感受到些什么。但他们受到的鼓舞却是确凿无疑的。回去之后，其中的一所学校，马上启动了四个班，确定两个学科，进行"控制性走班"试水。然而，在各种力量的围攻之下，"控制性走班"试水很快结束。一个月不到，退回去了。

另一所学校，考察者带着同样的兴奋和激情返回学校，制订出走班方案，上报当地教育局，却被教育局坚决地挡回去了。教育局反对的理由很充分：高考都没有改，你们忙什么？

这就是众多学校当时的反应。高考不改，选课走班举步维艰，甚至按兵不动的背景下，率先"跳下去"的棠湖中学，成为"孤独的勇士"。

然而五年过去，棠湖中学的改革却产生了巨大的影响力，尤其是在四川省教育厅、四川省教科院在棠湖中学两次举行现场会之后，棠湖中学的改革被推到了聚光灯下。

回首过往，朱元根有着异常复杂的心情：

说实话，当初说要抢占第一。就算抢占了第一，如果第二当真追赶上来，棠湖中学也不可能"集万千宠爱于一身"，第二也会引起关注。但这么久了，没有学校跟上来，这是遗憾。但从另一方面看，也是好事，让棠湖中学始终处在聚光灯下。

五年多来，棠湖中学已经接待了上千所学校前来参观考察。作为"西部样板"和"深度走班"模式的代表，棠湖中学也受到教育部的高度关注与重视。从2018年到2020年，连续三年，在教育部基教司主办的中西部校长培训班上，朱元根应邀到会做专题讲座。2021年，教育部基教司在进入新高考模式的7个省主办"新课程 新教材 新高考"巡讲，刘凯和朱元根应邀轮流前往演讲。目前已在兰州、南昌、合肥、贵阳、长春等处演讲完毕，另有黑龙江和广西两省区将于下半年前往演讲。

五年多来，在四川省内以及各民间学校举办的培训讲座，不计其数。

讲座之后，朱元根收到了来自众多参会校长的反馈信息。大多数校长表示，听了讲座，看了PPT，深受启发。希望有机会前往请教，并拟定了到棠湖中学参观学习的具体日程。兰州一中校长王文槐在微信上向朱元根表达敬意，说他的演讲"讲得实在，讲得鼓舞人心，鼓人干劲，与我心有戚戚焉"。武威古浪一中的副校长高亚强则说：听了您的报告深受启发，您的报告是这几天最精彩、最接地气的……榆中县恩玲中学校长魏振国说，想得周全，做得到位，讲得透彻，遇到问题多向您请教……甘肃张掖实验学校校长赵明烨，直接就在微信上就综合考核、备课组排名赋分等具体问题向朱元根请教，朱元根一一作答。

就在写稿期间的2021年7月22日，棠湖中学校长刘凯应邀在"全国高中发展高峰论坛"现场，与原清华大学副校长、教育部高考改革专家指导小组组长谢维和联袂讲座。谢维和讲座的主题是"高中育人方式改革思路"，刘凯则讲的是"育人方式变革的棠中经验"。在千万双眼睛的注视之下，棠湖中学的"选课走班"改革以星星之火，正呈现燎原之势。

## 种子的力量

湖北省丹江口市一中校长柯超就是在教育部举办的"中西部贫困地区普通高中校长新课程专题培训会"上认识朱元根的。那一次，朱元根应邀前往做专题报告。到会的校长有200余名。听完报告，柯超说，他被切中"要害"了。

事隔两年，说到当初，柯超的语气里还带着兴奋：

听完报告以后，我感觉到这个事情，它一方面是国家当前改变高中育人方式的一个方向，也正是我们心中理想的教育；还有一点，当时我们正面临一些长期的难题，听了朱主任的报告，正好可以帮我们破解这些难题。

柯超将"棠中模式"比对他所面临的教学现实，看出了它的特殊价值。

他说，在日常教学中，他们经常会遇到一种情况，学生找关系找门路，要求选择老师：这个事情让学校感觉很麻烦。所以我们看棠湖中学的这个走班模式，学生可以在平台上选老师，你不用找什么关系，给你这个权利，让你选老师，多好。

柯超认为，"棠中模式"中，"选师"好，"分层"更好。

全国的大多数学校，包括丹江口一中在内，分类教学都是按学生的总分，分为快慢班。同一个层次的学生，学科成绩不同，不可避免的，教学的跨度较大。而"棠中模式"中的按学科分层，必然解决了传统教学中一直存在的"高不成低不就"的问题。把同一层次的学生放在一起教学，加强了针对性，这才是因材施教。

有这样的认知，丹江口一中借鉴"棠中模式"成为必然。

2019年7月9日，柯超在北京听了朱元根的报告；7月25日，柯超带领的丹江口一中考察团就到了棠湖中学。

整个团队，包括全体班子成员、年级组长、学科组长，都到了。

而那之前，尽管湖北省已经从2018年进入"新高考"模式，但丹江口一中仍然没有选课走班。"压根就没有走班的想法"：

尽管高一年级已经搞了选科了，根据学生的意愿，每个学生都进行了选课，但没有走班。最初的思路是，尽量不走班。

主意的改变，就因为遇上了"棠中模式"。

8月下旬，在丹江口一中的盛邀之下，由朱元根带队的棠湖中学教学团队，前往湖北丹江口市，为丹江口一中举行集中培训。

培训结束，2019年9月1日，新学期开学之际，丹江口一中高一高二，全部启动"棠中模式"。

丹江口一中将新启动的走班改革命名为"分层双选走班教学"。

柯超说：我们借鉴"棠中模式"，是为了实现老祖宗留下来的因材施教原则。"亲其师"才能"信其道"。几千年来，我们讲因材施教，但我们只按总分分班，并没有按学科分层，也就是说我们过去的"因材施教"只是小范围的，并没有真正落到实处。我们现在是在把真正意义上的因材施教落到实处。

因此，丹江口一中响亮地提出：人无全才，人人有才。因材施教，个个成才。

在柯超看来，只有以这样的方式育人，才能真正做到让学生"百花齐放"，实现人人成才的目标。

如今，丹江口一中实施"分层双选走班制"教学已经第三个年头。曾经的高二学生，已经毕业。谈到出口成绩，柯超的用词十分节制：还算正常。柯超说，在这个过程中，你不可能要求立马见效，跟过去相比，能保持平稳就行了。

原来担心一走就乱，一走就死，成绩下滑之类，是我们顾虑太多。能保持平稳，坚持下去，就一定能有收获。

在湖北省，我们是第一家，也是唯一一所彻底走班的学校。柯超的话里，透出自信，也透出自豪。

在雪域高原日喀则，"棠中模式"也复制开了。

西藏日喀则第三中学校长巴桑，是在2019年举行的另一次校长培训会上听到朱元根的报告的。那之前，80后校长巴桑已在他所在的学校搞起了"选课走班"，因为有顾虑，只是小心翼翼尝试着搞了英语和数学两科。在那次校长培训会上，朱元根所说的学科分层，引起了巴桑的强烈兴趣，巴桑说，他就像久旱逢甘霖一般遇上了朱元根，遇上了"棠中模式"。

随后，他找到朱元根，再去到棠中。他用藏族人特有的那种虔诚语气，说，请你们帮助我们。

他也见到了刘凯校长。巴桑说，刘校长非常乐意帮助边疆的学校。

是的，这也是刘凯校长的另一特质：立足学校，胸怀天下。

早在2013年，在没有任何硬性要求的前提下，刘凯就带领棠湖中学九大学科专家及退休老教师，组成庞大的教学团队，主动而全方位地帮扶被称为"天边的学校"的凉山州木里藏族自治县木里中学。持续9年的帮扶，让这所几度濒临放弃的学校，发生了质的变化，高考成绩从个位数到十位数再到突破百人大关，被业界称为"伟大的转变""县中崛起的样板"。

一个月后，朱元根来到了珠峰脚下，来到海拔4000米的雪域高原日喀则市，为日喀则三中详细传授了"选课走班"经验，并进行现场把脉指导。

随后便是巴桑带队，由教务处主任、年级组长、备课组长全套人马组成的考察团，到棠湖中学进行为期一周的考察学习。

把他们那一套，全部搞清楚了，再带回去。巴桑说。

2019年9月，新学期开始之际，"棠中模式"在中国西南边陲日喀则第三中学，在珠峰之下雪域之上，进行了全复制。

毫无疑问，日喀则第三中学是西藏境内第一家实施"选课走班"的学校。实践证明，"棠中模式"可以在任何地方、任何学校进行全复制。

如今两年过去，日喀则三中的教学改革已初见成效：学生的自主管理、自主学习能力加强，成绩有所提高。2021年高考，理科上线率达99%。只是边疆地区的学校，师资受限是一个极为普遍的问题。巴桑说，教师方面，只是打开了思路，还须进一步加强。下一步，已经协商好了，他们将与棠湖中学建立战略合作关系，借棠中实力，对日喀则三中的师资力量进行全方位的提升。

可喜的是，2021年上半年，在日喀则三中的带动下，日喀则市内另外两所学校——日喀则一高和拉孜高中，已开始启动选课走班。

巴桑说，两所学校的校长，当时也参加了校长培训，也听了朱元根的报告。他们当时觉得好，但回去没有动。只是我们走在前面了。然后私下里交流，问我怎么样，我把这个情况给他们汇报了以后，他们也开始尝试着走了。

"棠中模式"好比"种子"，被巴桑带去了雪域高原，在雪域高原上，也开始生根、发芽，正变得茁壮。

另一所学校就是前面所言，被称为"天边的学校"的凉山州木里藏族自治县木里中学。这所木里县唯一的高中，因为持续九年的帮扶，与棠湖中学建立起"嫡亲"关系。

因为是"嫡亲"关系，影响直接抵达。木里中学从2017年初就开始了"选课走班"，比棠湖中学仅晚一年，是仅次于棠湖中学的全省第二家走班制改革学校。

谈到为什么会做出"选课走班"的决策时，木里中学校长黄河说：我们当然是受棠湖中学的影响。但另一方面，我们也有这种意愿，这是大势所趋，正因为我们这里条件不好，更要提前行动。

黄河说，走班之前最担心的教学秩序混乱、教学质量滑坡、教师不支持不配合等等情况并没有出现。相反教师们表现出异常积极的态度。实施后，教学秩序良好，也没出现想象中的困难和麻烦。

几年过去，木里中学"选课走班"制改革取得明显成效，得到四川省教科院及凉山州教育局的充分肯定。

2017年12月，在四川省"选课走班"推进会上，木里中学校长黄河作为先行试点学校代表，在会上做了交流发言。这是自20世纪70年代末高考制度恢复以来，凉山州的学校第一次在这样高规格会议上发言。黄河的发言得到与会专家和同人的广泛认同和赞赏，木里中学的名声也因此在全省基础教育系统有了影响。2018年4月，凉山州选课走班现场会在木里中学召开，四川省教科院院长刘涛亲自到会，并以基础教育学校管理为题，做了专题讲座。至此，木里中学从原来的凉山州末位正式迈向前列，成为凉山州教育改革的典范，成为一颗新升起的耀眼的教育明星。

## 变道超车

刘凯有一句话，耐人寻味：他说，弯道超车不行，我可以变道超车。

话虽无奈，却透出决然。

本质上讲，棠湖中学就是一所县中，隶属于成都市双流区。这所年轻的学校，无论以空间位置还是以办学条件和办学资源论，均处于夹缝之中。相距不远的成都市内，有顶级名校，更有为数众多的公办私立名校。即使在双流区内，也有双流中学、棠湖外国语学校、棠湖艺体中学等名校。用双流区教育局基教科长廖冬梅的话说：在双流，考高中比考大学还难。在老百姓的心里，只有一个考试，那就是中考。考上高中后，读大学是水到渠成的事。

说到棠湖中学，廖冬梅的话意味深长：有人不承认它是名校，因为它的入口成绩才540分，但看出口成绩，你又不得不承认它是名校。出口非常好——相当于用最低的钱，买了最好的东西。

但无论怎么说，生源入口总归是局限。在这样的一种境况之下，面对胸怀"鸿鹄之志"的棠湖中学，作为主管部门，双流区教育局给予了最大的支持。

当初刚开始"选课走班"时，刘凯考虑再三，并没有向主管部门汇报。待启动后的第二天，才跑去教育局。廖冬梅是最早赶来的领导之一。

一听说，我们就赶过去了。看见他们已经搞起来了，我们当然高兴，也为他们捏着一把汗。只能叮嘱他们好好搞，不要出乱子。廖冬梅说。

但毕竟是新生事物，难免有挫折有矛盾。

有学生和家长不理解，闹到教育局去了。廖冬梅和基教科的干部们出面做解释做疏导，并在每一次的项目研讨时，以主管部门的名义，出面与省、市教科院等各方面资源进行协调。

还专门拨出经费，对棠湖中学的创新做法表示支持，对他们取得的成绩给予奖励。

正因为有了各方的支持与鼓励，棠湖中学的"选课走班"才有了底气和韧劲，并最终坚持下去，取得了成功。

回顾五年多走过的路程，棠湖中学校长刘凯说，"选课走班"以来，棠中人不断改革创新，不断探索实践，从一个年级推广到三个年级，从高中延伸到初中，形成了适合学校实际的、系统的选课走班模式。选课走班的实施，提升了学生的综合素质，为学生未来的发展奠定了基础；也激活了教师的专业发展，提升了学校的品质和影响力。选课走班改革，为棠湖中学带来了全方位的改变。

第一，扩大了影响力，找到了一条适合学校发展的独特路径。刘凯在不同场合表述过同样的观点：一个校长，不管你做得再辉煌，你没有给学校找到一条适合自己并且面向未来的大道，你这个校长是不称职的，你的实力没办法延续下去。对此他备感欣慰：

我找到了一条走个性化发展的道路，它既符合教育规律，也符合我们学校的实际。有差异的教育，个性发展，这是每一个学校应该追求的方向，国家的政策也在往这方面推动，但我们走在了前头，成了领头羊。

第二，找到了一条提高教学质量的路。

生源摆在那里。棠湖中学的入口成绩比成都各名校，相差近100分——单从入口看，我们最好的学生入口分数也比不上他们最差的学生。我们的录取线是540分，他们最低都是630多分。要真正赶超他们，从入口看是永远赶不上的。但弯道超车不行，我可以变道超车。我走个性化发展的道路，发展学生的个性。重要的是，以后的高考也会为这类学生大开方便之门。我们顺应国家培养人才的发展方向，提前往这个方面走，就是要实现变道超车。

未来的目标，刘凯说，我们要成为全国顶级的个性化发展学校。任何一个有个性的学生，都可以来棠湖中学，来到棠湖中学，都能够受到尊重，得到发展，都能够被挖掘出来，给予适合他个性发展的成长环境。

第三，刘凯说，在"选课走班"这一巨大的变革过程中，我们坚持了下来，我们没有回头，而是形成了自己的模式和体系。更重要的，在这个过程中，我们成长了，我们所有人，作为校长，我成长了，我们的干部成长了，教师们也成长了。我们的教师，他们先行先试过了，他们先研先学过了，现在他们中的很多人，也出去演讲，做示范。我们的学校，成了国家级的课改示范学校，省教科院把我们这里建成了培训基地，老师们有了各种机会展示自己，同时又倒逼过来，促进老师的专业能力和教学水平提升。

而最大的受益者是学生。学生的个性得到了张扬，精神面貌大不一样。他选择的是他喜欢的老师，他学的是他喜欢的东西。同时，学生有了选择的权利，就需要为自己的选择承担责任。通过自己的选择去努力，最后的结果反馈回来，形成自我教育机制。这是一种逻辑链条，是符合教育规律和本质的逻辑链条。因此，因材施教的重点不在"施教"上，而是要创造一种能为每一个学生提供适合发展的教育，这也是《国家中长期教育改革和发展规划纲要（2010—2020年）》的要求。

为了更精准更专业地为学生的个性化发展提供指导和服务，棠湖中学自2018年开始筹建的集大脑科学、学生心理健康教育、学生生涯教育、学生综合素质评价"四位一体"的学生发展指导中心已经建成，2021年6月已正式投入使用。

五年过去，刘凯作为决策者，作为"舵手"，胸中纵有万千感慨，已复归平静。在2021年4月教育部在南昌举办的培训会上，刘凯对到会的300多名校长说：我们现在说要为学生做生涯规划，很多的学校都在做。但在学生没有选择权的前提下，你去给他做生涯规划，你就是在说教在灌输，你是在帮他安排。但"选课走班"之后，学生在选择的过程中，你再教给他咋个选择，咋个认识自我了解自我，咋个了解未来的发展方向，结合到他自身，该咋个去发展……这样的孩子，必是阳光而充满希望的。

"选课走班"，是课堂生态的重塑，是教学模式的颠覆性变革，必将带来教育生态的质的飞跃。

棠湖中学的"选课走班"，假以时日，未来必定人才辈出。

# 尾声：每一颗星星都有亮度

在棠湖中学采访期间，正遇上"棠湖中学第十二届社团文化艺术节"在校园举行。那之前，我已从校团委副书记朱帅那里听说过此事。一年一度的社团文化艺术节，都是在5月的某个周日的下午举行。活动分为两大类：一是大型艺术表演；二是游园活动。两类活动，仅有一个宗旨：为学校的51个社团提供展示实力与风采的平台与机会。

记得朱帅跟我讲起一个名叫"食社"的社团。

"食社"做什么？无非是约几个同学吃吃喝喝。朱帅说，刚开始时，他也是这样认为。但文化节那天，出现在人们眼前的，是一个风格独特的咖啡厅。天蓝色的棚顶之下，小桌子上铺着红色的方格子桌布，桌上摆着寿司、蛋挞等西式点心，造型精美，摆盘讲究。一杯杯飘着浓郁香味的咖啡，一张张笑脸，一声声甜美礼貌的"欢迎光临"……"食社"门庭若市，咖啡和点心供不应求。之前，"食社"成员们自筹了300元资金，游园结束，除去成本，净赚了800元。

第二年，一个名叫"樱花社"的社团，也以同样的路数，自筹资金几百元，可最终下来，亏损300元。

是什么原因导致亏损？朱帅说：第一，它的场地布置，没有制造出风格和氛围。第二，人员分工不明确。

文化节结束之后，"樱花社"成员找到朱帅：朱老师，我们也是卖东西，为什么没有"食社"的效果？朱帅道，你们自己去想一想，找出原因。

反省一番之后，"樱花社"成员又来找到朱帅：朱老师，没关系的，这一次我们虽然亏了300块钱，但我们经历了这个过程，得到了锻炼，我们的收获远远大于300块钱。

朱帅说，孩子们，你们真是太棒了。

这就是成长。成长伴随着失败、出错、幼稚、跌倒……但经历了，就是收获。

正如朱元根所言：经历重要，结果不重要。

朱帅也说过同样的话：我们举办社团艺术节，与选课走班，出发点是一致的，就是要培养孩子的特长和综合能力，让他们实实在在去经历去感受，让他们出去以后有能力面对自己的生活。

那天的社团文化节，我真是开了眼界。棠湖中学新校区呈带状形，从东到西，有近两公里的跨度。一条蜿蜒宽敞的林荫大道，如一条珠线，串起了整个校区。沿途都是摊点，却又绝不是那种逛集市的感觉。仿佛，进入了时空隧道，走入了一个由青春、时尚和千奇百怪的奇思妙想拼出的一个积木世界。

亦真亦幻。半虚半实。

坦率地说，所有的摊点都是简易的，即兴的。物少人多。概念大于实体，形式大于内容。然而，又都是滚烫的，跳动的，透着青涩，涂着阳光的亮度。我一个个摊位看过去，有历史社、樱花日漫社、烹饪社、法律社、小食光、数独社、拾梦公益社……在"逆光摄影站"前，我久久停留，墙上是一张用A4纸手写的小广告，上面写着：一、竹节高：五人一组，跳高摄影，画面中最高者为胜，获一奖章；二、奖章争夺赛，双方各押一奖章，画面中的高者拿回奖章并获得对方奖章；三、逆光摄影：立拍得，10元一次；四、可购买本社图片，价格各异，也可面议。

跳高摄影、逆光摄影，有游戏有竞赛有销售可议价……多可爱的孩子们。

而"极限公社"前，没有摊位，只有一张广告布，用高出人头的架子立着。旁边是一群脚踩滑板的男生女生，清一色的蓝白色校服，呈星状散立，感觉中，就像一群小精灵，稍有异动，就能长出翅膀，飞起来。"漫画社"前是满目的漫画和高高低低的画架。"古诗文社"前是写着古诗的画幅和一沓沓的现代诗作……

"模联社"前，因为模拟联合国而挂满了各国国旗。我便想起那个名叫黄涵逊的同学，自他任首届社长之后，棠湖中学的"模联"社团一直持续了下来。而他，也始终都在关注和牵挂着这些学弟学妹。

他的成长足迹里，大约，也有着这些孩子的足印。

星光耀眼，出人意料。


采访中，我去教室听课，也跟着学生去走班。那个不知名的女老师，正在讲授苏东坡的《赤壁怀古》，讲苏东坡受儒释道的综合影响所形成的独特的价值观与人生境界。孩子们的头跟着老师的身影转动着，回答问题的声音不时响起，整齐而响亮。下课铃响，是柔和的江南名曲《茉莉花》的旋律，而非我们记忆中那般尖锐刺耳的电铃声。瞬间，青春的浪潮从教室涌出，再分流，往各自的方向涌去。那是蓝白相间的校服汇成的浪潮，那是无数张清亮透明的脸汇成的浪潮，流畅的步伐，明快的身影，阳光般的清脆话语……书包水杯雨伞，黑头发黑眼睛黄皮肤……美在走廊上流动，青春在眼前流淌。犹豫之下，我还是叫住了几位学生，但时间紧迫，我竟然有些慌乱。我用简短的句子提问，一律地，他们用礼貌和笑容回应我：走班好啊，没问题。我们都适应了。喜欢，下了课走一走，挺好的……

仅有一位女生，怯生生告诉我，她还是喜欢原来的方式，与同学相处久了，再分开，觉得孤单。

她是内向的女孩，分离于她，是一种疼痛。

有着一双圆眼睛的小个子女生黄怡，是成都市锦江区人，她说，是爸爸专门让她来棠湖中学读书的，就冲着棠湖中学的选课走班。

我问她，以前在初中走班吗？

不走。

那现在感觉怎么样？

很好，她说，这种方式非常适合我。

交流虽浅，却已经感受到了孩子们扑面而来的朝气与信心，纵有彷徨，纵有不适，也是完全可以克服的。

去实验室所在的教学楼是周一上午。楼道里空无一人。一间间实验室门开着，门前挂着牌子。推门进去，一间间看。有创客实验室、手工制作室、3D打印实验室、航空航天实验室、无人机实验室、机器人实验室、电子技术实验室……在航空航天实验室，我站立着，顿时有些眩晕，仿佛乘上飞机，飞上了蓝天。大片的蓝白色色块之间，天上地上、桌上墙上，到处是飞机模型。一张横跨整个空间的长条桌上，摆着一架几乎与桌面同等大小的飞机模型，沿桌围着一圈木质方凳，那是学生们上课的位置。

请教担任创新实验教学的江志老师，他说棠湖中学的航空航天实验室开设有"简易航模制作""四旋翼无人机调试与操控""穿越机调试与操控""模拟飞行体验"等课程。学生通过在实验室课程学习与操作，可以了解基本的飞行原理、四旋翼和固定翼飞行器的结构及基本的设计制作方法，可以设计制作简单的航模并参加各类比赛。

内容太专业，我听得似懂非懂。我的眼睛落在那一张张空着的木凳上，想象着木凳上那一张张孩子的脸庞。那些孩子我从没有见过，但我又见过太多棠湖中学的孩子们。此时此刻，孩子们正在上课，正在走班，他们只能利用课余时间来这里做自己喜欢的事。然而，这整幢教学楼，这每一间实验室，这里的每一个角落每一张凳子上，都是他们的身影。

他们一定是跟我在校园里教室里见过的所有孩子一样，阳光、明朗、自信、专注，只是更执着，更沉浸，更信心坚定踌躇满志。我仿佛看见了，那做出空气质量监测仪的孩子，那制造出3D打印机的孩子，那些拍古建筑的孩子，那些做出甜美点心的孩子，那些写出一篇篇漂亮文章的孩子……

当我们把孩子的手放开，孩子们就能跑起来。当孩子们跑起来时，每一个孩子，都是星星，每一颗星星，都有亮度。

每一颗闪亮的星辰，汇在一起，便是星海，便是宇宙。

繁星浩瀚，未来可期。祝愿这些幸运的孩子，在成长的路上，无论平坦与艰辛，无论平凡与卓越，都能够保持独立，坚守理想，用青春和汗水，走出属于自己的美好人生。

2021年7月30日第一稿于晓坝

2021年8月16日第二稿于晓坝